四つの白昼夢

篠田節子

朝日新聞出版

四つの白昼夢　目次

装画　小林紗織
装幀　アルビレオ

四つの白昼夢

屋根裏の散歩者

「風の家」と、仲介してくれた町の不動産屋はそこを呼んだ。

車一台がようやくすれ違えるほどの南側の道から裏手のごく狭い保存緑地へ、窓を開ければ風が吹き抜ける。低い位置に開けられた小さな窓から狭い階段を上ったロフトふうの中二階の高窓へと、夏の湿った暖気が逃れていく。

一階の吹き抜け部分はダイニング兼仕事場になり、天井が低くごく狭い中二階は、ウォークインクロゼットと夫婦の寝室として使われている。

真夏に降り注ぐ太陽熱は、急勾配の切り妻屋根の下にもうけられた天井裏の空間に遮られ、妻壁に取り付けられた、組子細工のような幾何学文様も美しい格子窓が、天井裏に溜まった熱気を外に逃してくれる。

風の家という響きも気に入ったし、ケヤキやカシの大木の茂る保存緑地に敷地が食い込んだ、まさに山の家のような環境にも心惹かれた。

それまで住んでいた駅からほど近い市街地に建つ、ビルの壁に囲まれた中古マンションからバスでたった二十分のところに、こんな場所があるとはうれしい驚きで、家賃もまた信じがたいほど安いところがありがたかった。

「こういう家は好き好きですから」と不動産屋は苦笑した。

聞けば、四十年近く前に東京からこの地方に引っ越してきた夫婦が知り合いの著名な建築家に依頼し、自然通風の家という以外、デザインについては建築家の好きなように作って良い、という条件で建てさせたらしい。

この家の東側に軒を接するように建っているもう一軒は、何の変哲もない普通の和風建築で、先日、祥子《しょうこ》たち夫婦が引っ越しの挨拶に訪れたところ、高齢の女性が出てきて、風の家は彼らの弟一家の持ち物だと教えてくれた。

一家の主人は、アメリカでの勤務を終えて帰国して凝った家を建てたものの、それから数年して今度はクアラルンプールに赴任することになり、その後、関西、次にはオーストラリアと、結局戻って来られないまま、不動産管理会社を通して風の家を賃貸に出しているのだと言う。

「せっかく素敵なお家を建てたのに」と祥子が応じると、堀内というその家の老婦人は「素敵なんだか変わっているんだか……」と冷めた笑いを浮かべた。

玄関を出るとケヤキの大木が西日を遮り北側の緑地と接するあたりに、林の下生えの灌木や蔓の類いが枝を伸ばしている。

緑の中に透明な赤い粒を見つけて祥子は歓声を上げた。野いちごのように見えるが違う。ラズベリーだ。誰が植えたのか、特に手入れをされた様子もなく、伸び放題の枝にたわわに実をつけている。南側の植え込みにはキンカンが白い花を咲かせていた。

自分が求めていたのは、この場所だと得心する。

できることなら賃貸ではなく買ってしまいたい。

竹のざるにラズベリーの実を摘み取る前に、一枝切って部屋の花瓶に挿す。

こんな素材が手元にある幸運を思う。

本の装画を二点、個展のための作品を四点、急いで仕上げなければならない。ファンタジーや詩を掲載した雑誌に集まったイラストレーターの一人として、短大を卒業した後、祥子はこの仕事を始めた。

ヨーロッパ風の幻想的な美少女や、妖しくなまめかしい少年、薔薇《ばら》や百合、といったイラストは、十年も続けるうちに植物画に変わった。

ボタニカルアートの厳密さはないが、どこまでも精緻でありながら日本画の風情を漂わせる祥子のイラストは人気を博し、カバー絵に、カレンダーにと引く手あまたで、競争の厳しい業界で三十代の若さで大家の扱いを受けるようになった。

締め切りに追われる中、祥子は素材を探しては一心にその姿を紙に写し、透明水彩絵具で色づけていく。

今、この家の庭にも、周りの緑地にも、野草やこぼれ種で生えた花々、蔓草が至るところに茂っている。もう素材を探し回り、高い金を払って花屋で買う必要もない。

北側の敷地で見つけた蕗を炊き、少し硬くなりかけた山椒の葉をすりつぶして和え物を作り、ラズベリーをジャムにする。その小さな手間が祥子の絵にさらに潤いをもたらす。

もっともそうして丁寧に作ったものを夫の貴之《たかゆき》はあまり好まない。

山椒の実の佃煮も蕗と高野豆腐の炊き合わせも、「いや、何というか大人の味で」と苦笑しながら口に運ぶ。

五つ年下で、大柄な貴之の好みはシチューやハンバーグといった育ち盛りの子供の好みそうな食べ物ばかりだ。

貴之は、日中は駅の近くの分譲マンションで過ごす。チェリストである彼はそこで生徒を教えている。もともとはそこが夫婦の住まい兼教室であったのだが、近年、生徒が増えたこともあり、住まいの方を別に借りることにして越してきたのがこの家だ。

便利だが手狭なマンションの方は防音設備を施し、貴之は午前中に練習し、午後から深夜まで生徒を教えることが可能になった。一方、祥子の方もこの郊外の家で、気兼ねなく仕事できる。

大きく葉を広げているいささか育ちすぎの蕗を刈り取ってみると、下からユキノシタの葉が現れた。その間にひねこびたように茎を伸ばしているのは、日光を遮られて育ち損なった一群れの菊だった。種類はわからないが、だれかがここに植えたものらしい。何ともよわよわしく繁っている菊に「もう大丈夫だからね」と呼びかけ、刈り取った蕗を手に立ち上がる。

そのとき菊に取り囲まれるように埋まっている淡い茶色の花崗岩《かこうがん》のようなものが見えた。川原にほど近いこの土地は石ころだらけだが、一抱えもありそうな花崗岩が、もともとそこにあるとも思えない。土饅頭のように整えられた形からしても、外から持ってきて庭に配したもののようだ。花壇のアクセントのつもりだったのかもしれない、と周りに繁った菊を眺めやる。菊の葉の色は白っぽい。長く日光を遮られていたせいもあるが、その淡い色からして花の色も白なのだろう。


その日、祥子は一人だった。

夫の貴之は仲間から声がかかり、湯沢に演奏旅行に出かけている。

チェリストの貴之の収入の柱は、素人相手のレッスンだ。

中学時代にチェロに触れ、県立の進学校から大学の工学部に進んだ。ところが受験から解放されて学生オーケストラに入り、個人レッスンを再開するうちに腕を上げ、在学中にそうしたアマチュア活動に飽き足らなくなり、音大を受験したのだ。

そこで見事に合格し、それと同時に工学部を中退した。

もともと高校から音大に進みたかったのだが、男が歌舞音曲《かぶおんぎょく》を生業《なりわい》とすることなど許さないという父親の反対に遭い、工学部の学生となったのだが夢を諦め切れなかったのだろう。二十歳を過ぎての進路変更だったが、楽理などではなく器楽科に合格したのだから、実力もそれなりにあったようだ。

ところがそのことで、貴之はさる地方都市で弁護士事務所を営む父から勘当を言い渡された。以来、十一年間、実家との行き来はない。幸い、優秀な兄が、実家と父親の事務所を継いでおり、祥子との結婚も事後報告だった。

もし実家とのつながりがあったなら、五歳年上でイラストレーターなどという歌舞音曲に匹敵する自由業についていて、しかも一人親家庭に育った自分のような女との結婚もなかっただろうと祥子は思う。

貴之との出会いは、夏の夕刻、銀座で開いていた個展会場に、急な雨を逃れて彼が入ってきた折のことだった。

体中から湯気を立ち上らせるようにして、大きな楽器ケースを抱えた大柄な男は客の途絶えた会場に駆け込んできた。

傍らにあったタオルを手渡すと、「すみません、すみません」と何度も謝りながら、タオルで楽器ケースを拭き、次に雨のしたたる自分の身体を拭いた。

男の視線の行き先に気づき、祥子が無言でテーブル上の焼き菓子を差し出すと、ありがとうございます、とうれしそうに口に運び、それからあらためて自分の非礼さに思い当たったかのように、個展会場の絵に目をやった。

「ホンモノそっくりで、よくこんなに細かくきれいに描けますね」という褒め言葉に苦笑しながら、祥子が「もうお一つ」と勧めると貴之は素直に受け取り一口で食べた。そして雨が止んだ頃、雨宿りと菓子の返礼のように、展示された絵ではなく、印刷物であるカレンダーを買って帰っていった。

個展の最終日に、菓子折を手に再び会場に現れた男に、祥子は拝み倒されるようにして食事の約束をさせられ、数ヵ月後にはさらわれるようにして結婚していた。

一目ぼれ、と貴之は臆面もなく言う。

「小さくて白くてバンビみたいに目が大きくて」

チェロは弾けても詩は語れない。絵心もない。ただただそこにいた女の容姿に惹かれ、結婚まで突き進んだ。一緒に暮らし始めてからも、貴之の単純さと好人物ぶりには何の変化もない。あれから二年が過ぎた今、その好人物ぶりが幸いし、個人レッスンで指導している生徒も四十人を超えた。

どれほどの大家であっても、どれほどの音楽的センスの持ち主であっても、反抗期の子供の気まぐれな練習ぶりや悪態、高齢の生徒のいつまでも直らない音程の悪さや、五十の手習いの主婦のめちゃくちゃなリズムにいちいち青筋を立てていては、音楽教室の講師は務まらない。

大柄で下がった目尻の容姿そのものの寛容さと、のんびり屋が幸いした根気強さを発揮して指導する貴之の教室の評判は上々で、不況時にも生徒は引きも切らない。

音大の器楽科の中では決して優秀とは言えない腕前ながらも仲間から声がかかるのは、その人柄からだ。ホールを借りての演奏会に呼ばれることは滅多にないが、子供や家族連れを当て込んだ地方の催しなどでは定期的に声がかかり、出かけていく。

今夜も新潟のホテルのイベントルームで眉間に縦皺《たてじわ》を寄せて演奏する仲間を尻目に、子供やその親たちを笑わせ、会場を和ませ、客やスタッフから喝采を浴びていることだろう。微笑《ほほえ》ましい気持ちで祥子は仕事道具を片付け、中二階の寝室に上がっていく。

独身時代は夜が白む頃に寝て、昼近くに起きていたのだが、結婚してからは貴之に合わせて常識的な時間帯に寝て起きるようにしている。それでも元々が夜型なのだろう、一人の夜はなかなか寝付けない。

家の敷地を取り囲んだ保存緑地は、この季節は特に静寂にはほど遠い。郊外に残る農地や里山に静けさを期待するのは都会者で、実際のところは虫やカエル、ときには鳥までが夜通し鳴き、未明に入ると近所の農家の鶏が時を告げる。そうした音を祥子はむしろ心地良く聞く。だが騒音、生活音となると話は別だ。

緑地を隔てた向こうは幹線道路になっており、夜になってもトラックが地響きを立てて走る。さらには建築家が自分の趣味で建てた家とはいえ、天然木と漆喰《しっくい》で作られた「風の家」に防音機能はほとんどない。隣家に接近しすぎているせいか、話し声やテレビの音は聞こえないまでも、老夫婦が階段を上り下りする音、掃除機をかける音などが安普請のアパートのように響いてくる。

この夜中に模様替えかしら、と最初は首を傾《かし》げた。

何か、ずるずると重い物を引っ張るような音がした。

ぱたりと止んだと思うと、しばらくしてまた聞こえてくる。

気のせいか、頭上から聞こえてくる。

まさか、と起き上がっていた。

天井裏がどうなっているのか見たことはない。妻壁に幾何学文様の格子窓が付いた南北に風の通る空間。だが内部の様子はわからない。

そこを歩き回る者が……。いや、ただの足音ではない。

三角テントのような形状になっている屋根裏の内部は中央は立って歩けるほどの高さがあるとしても端の方は屈《かが》むか、あるいは這《は》いつくばるかしかないはずだ。

何かの間違いか、と疑う。以前、マンションに住んでいたとき、明らかに隣の部屋から壁を叩《たた》く音が聞こえたが、その部屋は前の住人が引っ越した後、無人になっていた。

上の階から時間かまわず響いてくるピアノの音に悩まされたこともあった。思いあまって管理組合の役員に相談したが、上の家にピアノはなかった。薄気味の悪い話し声が、深夜浴室から聞こえてくることもあった。

視覚と違い方向性を感知しにくい聴覚のことで間違いは起こる。加えてマンションの場合は、鉄筋や配管を伝わり、思わぬ方向から音がやってくるのが原因だった。

一軒家でも、そんなことが起きるのだろうか。

不意に鈍い金属音が響き渡った。梵鐘だ。

騒音の苦情のため、除夜の鐘さえ撞《つ》けない寺がある中、未だに時を告げる鐘を撞いている寺がある。しかし近隣に寺はない。バスで停留所を二つ三つ行ったところに寺はあったが鐘撞き堂はなかった。

ああ、と緑の香を帯びた夜気にうなずく。空気が湿っているのだ。霧雨が降っているのかもしれない。こんな夜、湿った空気を伝わり、遠く離れた電車の音や寺の鐘の音が聞こえてくる。

だがこのとき、鐘の音が祥子の脳裏に奇妙なイメージを立ち上げた。

敷地の北側、林に面した庭にあった土饅頭のような、おそらく成形された淡い茶色の花崗岩。その周りに植えられていた白菊。

母方の祖母の住んでいる丹波あたりの風景が蘇る。大農家の多い一帯で、祖母の家も築八十年あまりの広々とした田舎家だった。母屋の裏手の庭も私道から山の際までかなりの面積があったが、同じくらい広い隣家の庭には、先祖代々の墓が建っていた。

古びた大きな墓石はいつもきれいに掃除され、花や供物が供えられていたが、それでも孟宗竹の生い茂る薄暗がりに建つ屋敷墓の様は幼い者にとっては薄気味悪く、夕刻など近くを通るときは目をそらせて駆け抜けていた。

あんな立派な墓石ではないが、もしかすると裏庭の花崗岩はかつての住人が作った墓なのかもしれない。だが、丹波の田舎の大農家ならいざ知らず、なぜこんな普通の住宅の庭にそんなものを置いたのか。しかも墓碑銘もなく。


「祥子ちゃんは根を詰めすぎるから」

新潟から戻ってきた夫は鷹揚に笑った。

「幻聴だった、とでも?」

「そこまで言ってないだろ。君が前にマンションで聞いたのと同じでどこか別の場所から聞こえてくるんじゃない? たとえば隣の家で家具を動かしたとか」

「真夜中に?」

「音源はいろいろあるだろうけど。そうでなければネズミが巣を作った」

「ネズミが走り回る音じゃなかった」

夕食時にそんなやりとりをしたその夜、ベッドに入ると貴之は演奏旅行の疲れもあるのか、あっという間に寝息を立て始めた。

その隣で祥子は目覚めていた。

再び音がした。あのずるずると何かを引きずる音……。

ゆっくり上下している貴之の肩に手をかけた。

「どうした」

寝ぼけた声を上げて、夫はゆっくり瞬きした。

無言で天井を指差す。

何の音もしない。

「何でもない」

祥子はかぶりを振った。

「仕事しすぎ……だよ」

貴之の語尾が眠気に溶けて消える。

早朝から深夜までの練習と生徒のレッスンに加えて一ヵ月に一度の出張ライブ。仕事をしすぎているのは貴之の方だ。

それでも知名度、年収ともに祥子の方がはるかに上だ。夫婦の間で感情的な行き違いが生じれば、容易にこじれる要素を抱えていることを祥子は自覚している。だから日常的なやりとりに神経質になることもあるが、貴之にはいっこう臆した様子がない。メディアに露出し、天才扱いされる妻を見て無邪気にはしゃいでいる。

太り肉《じし》の夫のゆっくり上下する腹を眺めているうちに、何となく安らいだ気持ちになっていつの間にか眠りに落ちた。

隣の堀内家の妻が、仕事をしていた祥子に遠慮がちな声をかけてきたのは翌日の午後のことだった。

「すみません、干しておいたカバーが飛んでしまって」

隣家の二階部分から張り出した物干し場の手すりにかけておいた車用のボディカバーが、風に煽られて祥子の家の屋根に載ってしまったので取らせてほしいということだった。もともと一つの敷地内に兄弟で建てた家であるから、ほとんど軒を接するような作りであるところに、後付けされたその物干し場は祥子の家の屋根部分に張り出し、二軒の家の境を屋根のように覆っている。手すりにかけておいた物が落下すれば祥子の家の屋根に載るのは当然の話で、さては一昨日の物音は、と思い当たり、思わず苦笑した。

自宅に戻っていった隣家の主婦が、物干しから竿上げ棒を使って屋根の上に載っていたカバーをつり上げようとしたが、重さと大きさがあって叶わず、下に滑らせて落とした。

ずるずるという音とともに二軒の家の隙間に落ちたカバーを、主婦は幾度も頭を下げながら回収していった。

「幽霊の正体見たり、枯れすすき」と、その夜、帰ってきた貴之は大笑いした。

「枯れ尾花」と祥子は訂正する。

あれはけっこう重量のあるカバーが屋根の上に落ち、急な傾斜のためにすべったり、風に煽られて動いたために立てた音だった。

ただの笑い話だ。

好物のスペアリブと根菜類のグラッセを満足げに平らげ、祥子が今朝ほど庭の草むらから収穫したミョウガを使った和え物をいささか苦手そうに嚙《か》みしめた後、貴之は昨日の新潟土産のプリンで食事を締めくくると、さっさと寝る準備にかかる。

中二階の寝室に引き上げる夫を見送り、階下のダイニングで図鑑など眺めていると、「祥子ちゃん」と声がかかる。

「早くおいでよ、祥子ちゃん」

ため息を一つついて片付けると、狭い階段を上がる。

パジャマに着替える間もなく、夫が背後から抱きついてくる。

体温が格別高いわけでもないのに、その体に触れると温かい。温かいを通り越して熱い。細くて小さな祥子の背中に、腰に、柔らかなたっぷりした腹の肉が当たる。熱くて巨大な縫いぐるみに包み込まれたような感触はエロスにはほど遠いが、これまで得たことのないような安らぎをもたらす。

「祥子ちゃん、祥子ちゃん、小さくて可愛い祥子ちゃん」

弾んだ息の下で繰り返しながら、不器用な手つきでTシャツを脱がせながら、押さえつけるようにして侵入してくる。

早く子供を作ろう、が貴之の口癖だ。

三十代後半の祥子の年齢を慮《おもんばか》っているわけではなく、ただ子供と子供のいる家庭を欲しがっている。

「今夜こそ一発必中」と言いながらのしかかられると気分も何もなく、その無邪気さに苦笑するしかない。

そのとき聞こえた。

何かを引きずる音ではない。ごとり、と何かが天井を叩いた。

貴之の体の動きが止まった。

「聞こえた……よね」

淡い夜間照明の下で貴之の視線が動く。

しばらくそのままじっと耳を澄ませていた。

それきり音は途絶えた。

「隣の家の音?」

貴之がささやいた。

この家はメゾネット風の中二階のついた平屋の上に、傾斜がきつく高さのある屋根が載っているが、隣家は普通の二階屋なので、そちらの二階の床は少なくとも祥子たちの住まいの中二階よりも上にある。隣家の間取りや作りはわからないが、たとえばフローリング床などであればかなり響く。階段を上り下りする音が聞こえるのだから、その床の上で何かを取り落とした音が聞こえたとして不思議はないのだが。

腑に落ちないまま、幽霊の正体見たり、と屋根から落とされたカバーのことなど思い出しながら眠りにつく。

目覚めたのは未明のことだった。

もう屋根の上にカバーなどないはずが、あの何か重たいものを引きずる音が再び聞こえた。

深い寝息を立てている夫を揺り起こす。

寝ぼけ眼を瞬きさせた貴之は跳ね起きた。

「聞こえる?」

灯りを点けた瞬間に音は消えた。

パジャマ代わりのTシャツにトランクス姿のまま貴之はクロゼットの戸を開ける。

「何するの?」

「ちょっと見てみる」

「危ない」と引き留めたが、かまわず貴之は一階に降りると、折り畳み式の脚立を持って来た。

「何するの?」

答えずに、クロゼットの中に入ると脚立に乗って天井の点検口を両手で持ち上げてずらす。

「やめて、危ない」

「懐中電灯」と短く命令するように言う。

年下ということもあって普段は祥子に甘えているように見える貴之だが、こんなときは頑固な面を見せる。

伸ばしてよこした手に小型ＬＥＤライトを握らせる。

脚立に乗った貴之は頭と体をくねらせるようにして肩を点検口に入れる。

「気をつけて。断熱材が飛び散るから」と祥子は声をかける。

天井裏にはたいてい分厚くグラスウールが敷き詰めてあるから、不用意に点検口を開けると、それらが舞い上がる。吸い込まないように注意が必要だ。

「無いよ、断熱材なんか」

「無い？　断熱材が？」

貴之のくぐもった声が答える。

「ああ、板だ。いきなり」

「何かいる？　気をつけて」

「ライトがピンポイントなんで、見えない」

電球と違い光が広がらないＬＥＤライトなので、暗闇に潜んでいるものを捉えられないのだ。

さらに一段脚立を上り、点検口から天井裏に上がろうとする貴之を慌てて引き留める。

「板を踏み抜いたりしたらたいへん」

「あ……」

困惑したような声が聞こえた。

「くそ」

盛んに体をねじっている。肩は通ったが、腹が通らないのだ。もともと大柄で太り肉だったのが、結婚してからますます太った。早朝から深夜まで教室ですごすために、間食と外食が増えてさらに体重が増し、腹はもちろん、胸なども祥子より豊かなくらいだ。

職人ならするりと天井裏に上がる点検口だが、九十キロを超えた男がそこから入ろうというのがそもそも無理だ。

「だめだ」

諦めて体を引き抜こうとするが、はまってしまって抜けない。

「気をつけて」と脚立の下で見守る。

しばらくじたばたした後にようやく体を抜き、ふう、とため息をついて貴之は首を振った。

「見えないけど……何かいるような気がする」

「気がするって？」

「雰囲気が。何か……不気味に静かな」

無意識に自分の両腕を抱いた。

敷地北側のあの薄茶色の花崗岩のことが脳裏をよぎる。

翌早朝、ご飯に味噌汁の朝食を取った後、祥子の作った十時のおやつ代わりのサンドイッチを手に、貴之は「くれぐれも気をつけて」と言い残して仕事場に出かけていった。

午前中で仕事を切り上げ、打ち合わせのために祥子はこの日、東京に出かける。

着替えのためにクロゼットを開けたときは気味悪さを覚えたが、天井は静まり返ったまま、何の音もしなかった。

新幹線で往復し夕刻には戻れるので、帰宅したら深夜に帰ってくる夫のために食事を用意する、そんな予定だ。

刺激的なものなど何もない、平穏で落ち着いた暮らしがここにある。

真夜中に天井を這い回る何者かさえいなければ。

怪音が果たして深夜だけなのかどうかもはっきりしない。ベッドルームとウォークインクロゼットしかない中二階で祥子が日中過ごすことはほとんどないからだ。

心配して早目に帰ってきた夫と、普段通りの時刻にベッドに入ったその夜は何もなかった。

近所のショッピングセンターにあるＤＩＹショップに行って、スコップを買い求め、どうにも気になっていた庭の北側にある、薄茶色の石の根元を掘り返してみたのは翌日の昼近くのことだ。

ひょろひょろと繁った白菊と思《おぼ》しきものを移植ごてで根っこごと掘って退《ど》かした後、スコップを入れる。

湿った土の臭いが立ち上り、雑草の根やミミズが日光の下に掘り出される。

表土の十センチほど下が砂混じりの土だったことは、比較的海に近いこの場所であれば当然のことだ。

掘りやすいが崩れやすい土を二、三回かき出すとそれはすぐに現れた。

スコップを放り出し、凍りついたようにその場に立ちすくむ。

掌《てのひら》に載りそうなサイズの、ごくシンプルな真っ白な陶器製の蓋付き容器だった。

動悸を静めながら、まさかまさか、とつぶやいていた。

子供が埋めたタイムカプセル、脱税目的に隠された金地金《じがね》、家族を疑って隠した実印……。そんなものかもしれない、と自分に言い聞かせる。

「だれか」とあたりを見回すがだれもいない。

小さく息を吐き出して蓋に手をかけた。泥まみれの蓋は簡単に外れた。

怖れていた通りのものが収まっていた。

細かな石灰質の白い欠片《かけら》と灰だ。

墓に収めるには少なすぎる分量の骨。

分骨して屋敷墓に入れた。墓石として銘も刻まず、墓石の体も成していない、土饅頭形の花崗岩を重しのように置いて。

背筋がこわばってくる。

自分は死者の眠りを妨げた。

慌てて掘った穴の中に骨壺を戻し、土をかける。

「ごめんなさい、ごめんなさい」

墓石の前で幾度か謝り、急いで家に入るとグラスに水を汲み、線香の買い置きなどないから京都で買い求めた桜香を手に戻ってくる。

石の前にグラスを置き、受け皿に置いた香に火を点け、手を合わせる。

桜香が燃え尽きたところで片付けようとすると、ごく低い生け垣越しに堀内家の主婦と顔を合わせた。

短い挨拶を交わした後、躊躇《ちゅうちょ》しながら「ここの土地って、前は何だったのですか?」と尋ねてみた。

「私たちが越してくる前ってこと?」

怪訝《けげん》な顔で高齢の主婦は尋ねる。

「はい」

「普通の農家でしょう。かれこれ四十年以上前の話だけど、ほらそのへんも」と南側の私道を隔てた家々を指差した。

四十年以上昔と言えばプレバブルの時代で、一帯の土地が値上がりし、広い土地を売って離農する農家が都市近郊では多かった。

農地と家屋敷が建っていた土地が、六つか七つに分割されて売りに出され、隣家の主人が買ったのは、その比較的大きな一区画だった。一番北側の里山にめり込んだような部分だったので安かったのだ、と主婦は言う。

「当時は、一軒家といえば最低でも四十坪はあった時代だったのよ。ここは八十坪あるんで、後から主人の弟が家を建てるにも余裕があったんだけど、最近の建て売りはねぇ」と苦笑する。

いずれにしても元はといえば、農家の北側の土地だ。農地でも庭でもなく母屋の裏手のじめついた藪《やぶ》だったのかもしれない。屋敷墓が作られるのはそんな場所だ、と丹波にある祖母宅の隣の家を思い出す。

石の下から出てきた骨の話をすると貴之は「嫌だなあ」と眉をひそめたが、すぐにいつもの楽天的な口調で、「まあ、分骨して庭の敷地に埋めるってことは愛情があるからなんだろうな」と言う。

「でも、だれなんだろう」

祥子は首を傾げる。農家の北の敷地の、銘も刻まぬ土饅頭のような石の下に埋められた骨。単純に家族のそばに置いてやりたいという気持ちから分骨し、作った墓なのか。

「たとえば生後すぐに亡くなった赤ん坊とか」と貴之が言う。

「やめてよ」

赤ん坊の霊がこの土地に取り憑《つ》いて、夜中に屋根裏を這う。

自分のイメージの陰惨さに祥子の両腕が鳥肌立つ。

それとも他家に嫁いだ娘……。嫁ぎ先で若くして亡くなり、向こうの家の墓に入ったが、本人はそれを望んでおらず、亡くなる間際に、実家の墓に入りたいと言い残していた。だが保守的な土地のことで、家族も親類も嫁いだ娘が実家の墓に入ることを許さない。不憫《ふびん》に思った母親が分骨してもらい屋敷の裏手にひっそり葬った。

代が替わり、離農した一家は都市部に出て行き、見知らぬ家族が一帯の藪を取り払って家を建てる……。

気の滅入るような想像ばかりが脳裏をよぎる。

それでも墓に供えた水とお香が功を奏したのだろうか。それともその後、元々植わっていた白菊に加え、今を盛りと咲いている桔梗《ききょう》や百合を墓石の周りに植えてやったことで死者の魂が慰められたのか。天井の物音はぴたりと止んだ。

だがそれもつかの間のことで、十日もするとまた聞こえてきた。

謎の音が聞こえてきただけの頃はまだよかった。庭に墓など発見してしまった後には、薄気味悪さが増した。

こうなると引っ越し当初は、できることなら買って住みたいと思った家が、賃貸であることにほっと胸をなで下ろす。どこか別のところに借家か貸しマンションを見つけて、早々に引っ越した方がいいのかもしれない。とはいえ引っ越し費用も労力もばかにならない。何より、その音さえなければ、貴之はともかく祥子の方はこの家も庭も気に入っているのだ。

植物画のイラストレーターにとって、この家屋敷は素材に事欠かないだけではない。里山の向こうの幹線道路沿いには、小型のショッピングセンターがあって食べ物と日用品くらいならそこですべて揃うし、私道を渡り住宅の間の小道を二、三分も歩けば、農家の軒下の無人販売所で新鮮な野菜が手に入る。

その日も昼近くにそちらに行き、モロヘイヤの束やピーマンなどを買って傍らの缶にコインを入れていると、納屋のガラス戸が開き、腰の曲がった女が出てきた。

「こんにちは」と挨拶すると、馴染《なじ》みの顔ではなかったせいだろう。挨拶を返されることもなく、「どこに越してきたの」といきなり尋ねられた。

「はい、あの里山の南側にある、急な屋根の」

説明するまでもなく、農家の主婦は「ああ、ああ」とうなずいた。

「あのしょっちゅう人が替わる家」

借家人が数ヵ月ごとに入れ替わっているのだ、と言う。

息を呑んだ。

「出る、って話だけどどうなのよ」

何が出るのかは言うまでもない。

田舎者の無遠慮さなのか、そこに現在住んでいる者に向かい女は平然として言う。

立ちすくんだ祥子をよそに、女は前日の売れ残りと思しき曲がった胡瓜《きゅうり》を二、三本袋に入れると無言で手渡して寄越す。

買った覚えもなく戸惑っていると「持ってってていいよ」とにこりともせずに言う。

「あの、出るって言うのは」

「あまり出入りが激しいし、大家や不動産屋が変な人だという噂も聞かないんで、そんなところだろうとみんな思ったんじゃないのかね。もともとがあそこはこの辺じゃけっこう大きな地主の家屋敷だったんだけど、じいさんが死んだ後、いろいろあってね」

「いろいろって……」

「相続だよ。兄弟が争って。刃傷沙汰《にんじょうざた》起こして、死人まで出したんだわ」

無意識に後ずさっていた。

「私が嫁に来た当時の話だけど、パトカーは来るわ、救急車は来るわ、そりゃすごい騒ぎだったわ。そこで住んでいられなくなったんだろ、家屋敷から田畑まで全部売って、一家で遠いところに引っ越していったって話だ……」

「そうですか」

祥子はモロヘイヤやピーマン、胡瓜の入った袋を左右の手に提げ、逃げるようにその場を後にする。

その日、スマートフォンの電話帳から、「サクラ」の名前を呼び出した。普段なら彼女の「その手の話」に本気で耳を傾けることはない。だが今回、自分の身近で起きたことを考えると、相談できるのは彼女しかいないような気がした。

イラストレーター仲間には少し変わった人々もいる。

生活リズムも対人関係も社会常識から逸脱している芸大卒の女性や、マルチ商法にはまってそれまでの貯金もキャリアも失ってしまったかつての売れっ子。肉魚、乳製品から加工食品と外食まですべて拒否して自給自足の生活を始めたナチュラリストや、占いと風水に凝って生活規範をそこに求める者もいる。

「その手の話」が出たときには口を閉ざして距離を置くが、話題がそれに触れない限りみんな普通に付き合える気の置けない友人たちだ。

ワレンチナ咲良《さくら》というペンネームの彼女は、自分には家や土地、ときには人に取り憑いた死霊が見え、彼らを鎮めて神の国に送ることができる、と語っている。

ワレンチナは洗礼名で、仲間内では、家族や自分が次々に病気にかかったり、最近借りた仕事場に見知らぬ女が現れる、といったことが起きて、咲良にお祓《はら》いを頼んだところ、何も起きなくなったと語る者もいる。

暗示効果もあるのだろうが、確かに効果があるらしい。だからといって咲良は自身の霊力を自慢したり吹聴したりもしなければ、自分の信仰を他人に押しつけることもしない。

電話に出た咲良は、祥子の話を聞くと「わかった、一応、お家、見せてもらうね」と答え、週末の昼下がりにオフホワイトのフリルのついたワンピース姿で現れた。

四十をとうに過ぎているはずだが、とてもそうは見えず、目の輝きも口調も若々しいというよりは少女のような人だ。

教室を休みにして、この日は貴之も咲良の到着を待っていたのだが、心中は複雑なものがあるようだ。貴之の母親はプロテスタントの洗礼を受けたというから、貴之自身も宗教的なものに対しての抵抗感はないが、オカルトについては一貫して否定する。方位も姓名判断も信じない。それでも妻の友達を邪険には扱えない。

咲良は大きなバスケットの蓋を取り、ガラス瓶入りの水や香炉を取り出す。

「それで悪魔払いするの」と貴之が不審そうな視線を向けて尋ねた。

「いえ」

咲良はかぶりを振った。

「私はそれはできないんです。彷徨《さまよ》っている霊を神様の元に送ることはできるんですが、死霊でもすごく邪《よこしま》な霊がいて、そういうのの後ろには悪魔が憑いているんです。だからそういう邪な霊と交信すると、開いたドアから悪魔が来てしまう。そうなると私には何もできない。悪いけれど、今日見て、ただの死霊でなくそういう邪な霊が憑いているなら、私は何もしないで帰るけれど、ごめんなさい。そのときにはすぐにお引っ越ししてくださいね」

思わず話に引きこまれたが、貴之はますます疑わしそうに眉をひそめて、テーブル上の香炉とガラス瓶を見下ろしている。

祥子は夫を伴い、咲良を敷地の北側にある墓石の前に案内する。

咲良は鎖のついた香炉を振って、香りの良い煙をまき散らし、つぎに指先で弾くように水を四方に飛ばす。その間中、何か祈りのようなものを唱えているが、英語でもラテン語でもない、聞いたことのない言語だ。

一通り終わると、三人で中二階に上がった。

本来なら天井裏に上がるところだが、板を踏み抜いたり、釘が出ていたりといった危険があるために、ベッド脇で同じ儀式を行う。

すべて終わった後に、階下のダイニングテーブルで話を聞いた。

「大丈夫」と咲良は微笑んだ。

「ぜんぜん邪な霊なんかじゃなかった」

「それじゃ何？　やっぱり地主の家の……」

「いえ、ここで遊んでいた子供みたいな、そのままここに居着いているけれど、ぜんぜん悪い霊じゃなくて、見守ってくれているような感じ。普通にコミュニケイトできた」

「あのわからない言葉のお祈りで？」

「どこの聖書なんですか」と貴之が尋ねると咲良は首を傾げた。

典礼に使っている言葉はスラブ語だと言う。

夫婦二人で素っ頓狂な声を上げていたが、相手の宗教に関して根掘り葉掘り尋ねるのははばかられる。

「スラブ語？」

「で、その子供は成仏できたのかな」と貴之が無意識に仏教の言い回しで尋ねる。

「神様の元に行くか行かないかは、わからないけれど、悪いことはしないから大丈夫です。とても良い感じの霊だったので」

用意した少しばかりの礼金を咲良は固辞し、祥子の作ったラズベリーのジャムや実山椒の佃煮、ミョウガの漬け物といったものを喜んで受け取り帰っていった。

寝室には、咲良の振り香炉からただよい出た煙の甘く高貴な香りがいつまでも残り、何とも安らいだ気分にしてくれた。

それでも物音は聞こえた。

深夜に、未明に、そして片付けもののために中二階に上がっていった昼間に、不意に聞こえることもある。

固いものが床にぶつかるような鈍い音、そして何か重たいものを引きずるような音。

「これ、やっぱり、点検口を壊して僕が上がってみないとだめかもしれない」

その夜、ベッドの中で、貴之がつぶやいた。

「でも借家よ」

借りた家を勝手に壊すことなどできない。

「そうか……」とため息をついた後、貴之は思いついたように言う。

「窓があるよね、うちの天井裏」

確かに妻壁には窓がついている。三角や四角を組み合わせた幾何学文様の木製格子のはまった美しい窓だが、機能としては通風口に過ぎず、開閉できるとは思えない。工具を使って枠ごと外すとなれば、それもまた許可がいる。

翌朝、祥子は不動産屋に電話をかけた。

天井から聞こえる深夜の物音について説明し、中に入って異状がないかどうか調べたいと告げる。

「それはやめてください」

ここを借りるときには愛想の良かった男の口調が、急に冷たいものに変わった。

これまでの借家人からも同じ苦情があったのだろう。

「でも、気味が悪くて」

「うちから大家さんに話をしておきます」

「話しておくだけでは困ります。それに大家さんって、日本にいるんですか？」

思わず気色ばんで尋ねると日本にはいないが連絡は付くと言う。

「いずれにしても素人は危なくて天井裏には入れません。釘が出ていることもあるし、もともと人が乗るところじゃありませんから、ベニヤ板くらいの厚みしかないこともあります。踏み抜いたら大変です。点検については、うちから業者に頼むことになります」

「費用は？」

「発生しません。こちらにお任せいただければ大家さんの負担になります。ですが勝手にやられた場合は、全額、おたくの負担になりますよ。壊したりすれば弁償していただくことになりますんで」

口調だけ丁寧だが、脅しつけるような物言いだ。

大家に連絡を取ると繰り返しただけで、電話は切られた。

その日の午後、ジャージ姿の三、四十代と思われる男が玄関先に現れた。

不動産屋に依頼されて天井裏を見にきた、と言う。

業者らしい作業着姿ではないし、事前の連絡もない。バリカンで刈ったような坊主頭に眠たげな目をした男は挙動からして職人には見えない。

それでも「不動産屋に頼まれてきた」と言われれば、断ることもできずに祥子は男を家に上げる。

足元を見て首を傾げた。サンダルだ。折り畳み式の脚立とキャンバスの袋を手にした男は、袋からヘッドランプを取り出し装着すると、履いてきたサンダルを手に、慣れた足取りで中二階に上がっていく。

ひょいと脚立に上り、点検口を開ける。工具類が入っていると思しき袋をまず上に上げると、するりと天井裏に入った。それからしばらく慎重な足取りで天井裏を歩く音がした。

一直線に歩いている様子なのは、おそらく天井板を踏み抜かないように梁《はり》の上に足を置いているのだろう。不意に足音が途絶えた。

十分もした頃、釘を打ち付けるような音がして、その後男は降りてきた。

特に異状はなかった、と男はぼそぼそした口調で告げた。

一部、天井板が湿気で腐っていたので修繕したと言う。

不審な感じはぬぐえなかったが、とりあえず職人に入ってもらったときの常で、祥子はお茶を入れ、この日の朝に焼いたショートブレッドを出したが、男はテーブルの上のものには一瞥《いちべつ》もくれず立ち去った。費用を請求しないのは、こちらが借家人であるから当然として、サンダルを履いて玄関を出た後、気になった祥子が再びドアを開けてみたときには、姿が消えていたことに少し驚いた。

それから思い当たった。玄関前の狭い私道には、軽自動車の一台も駐車できない。

訪問を知っていればあらかじめ隣家に頼んで庭先を借りておくのだが、突然の訪問でそれもできなかった。

おそらく職人は乗ってきた軽トラックの類いを幹線道路沿いのショッピングセンターに停め、

近道である雑木林を突っ切ってやってきたのだろう。

怪しげな男だったが、その日を境に物音はぴたりと止んだ。音の発生源は不明のままだ。


二日後の夜、十一時前のことだった。帰宅する夫のために夜食を用意していると、「おい、何してるんだ」という貴之の怒鳴り声が裏から聞こえてきた。

数秒後に家に駆け込んできた貴之は、祥子の顔を見ると「大丈夫だったか」と声をかけ、「110番だ、泥棒に入られた」と息を弾ませ、再び出て行った。

次の瞬間、ガラス窓越しに植木が折れるばりばりという音が聞こえ、何か重たいものが落ちた気配があった。

慌てて外に飛び出す。

隣家との境の生け垣の枝が折れ、男が隣家の庭に転がったまま呻《うめ》いている。

玄関灯がついて堀内家の主婦が出てくる。

「泥棒です、今、110番通報してます」と貴之が主婦に向かい叫ぶ。

それを無視して隣家の主婦は転がっている男に駆け寄る。

「典明《のりあき》さん、何したの」

主婦は甲高い声を上げた。

「えっ」と貴之が、背後でスマホから110番通報していた祥子を振り返った。

「はい、警察です、事故ですか事件ですか」という問いかけに、祥子は「ごめんなさい、間違えました」と答える。「気をつけてください」という言葉で電話は切られた。

「息子さん、居たんですか」

呆然とした様子で貴之は主婦に尋ねている。

「甥ですよ。主人の弟の息子」

「はあ？　甥御さん」

枝が伸びるに任せて生い茂った柘植《つげ》の生け垣が、クッションになってくれたのだろう。典明と呼ばれた男は大した怪我をした様子もなく、しゃがみ込んだまま、ひどく気まずそうに貴之を見上げた。玄関灯に照らされたその顔に見覚えがあった。

天井裏を見に来た「職人」だ。いったいあのとき天井裏に何をしかけていったのか、そして自分たちに何をしようとしたのか。

「どういうことですか」

男の身内である主婦の面前ではあったが、祥子は思わず鋭い声を発していた。

「彼がうちの屋根に乗っていたんですよ」

貴之が意外なほど落ち着いた口調で、遅れて出てきた堀内家の夫に説明する。

貴之は普段なら自転車で自宅と仕事場を行き来しているのだが、この日は午前中雨が降っていたのでバスを使い、ショッピングセンター前にあるバス停から近道である深夜の雑木林を突っ切って帰ってきたのだった。

そのとき自宅北側にあるスダジイの密生した葉の向こうに何か動くものを認めた。慌てて自宅敷地と里山を隔てる金網のフェンスに近付くと、屋根に登っている男の姿があった、と言う。

堀内家の主人の眉間の縦皺がいっそう深くなったと思うと、「何やっていたんだ、お前は」と彼の甥に向かい声を荒らげた。

「餌を……」

典明という彼の甥は、ぼそりと言いかけ口をつぐんだ。

「はぁ?」

貴之と祥子は同時に声を発し、あんぐりと口を開いた。

「餌をやりに……」

「餌って、他人の家の屋根の上で?」と貴之が不審そうな声で尋ねる。

「ってか、もと僕の家……すいません」

男は肩をすぼめた。

「明日の朝、全部、話しますんで……」

「何で明日なんですか」

鋭い声で追及しかけた祥子の肩を、まあまあ、と言うように貴之が叩く。

屋根に登られただけで、何か盗まれたり、覗かれたりしたわけではない。隣の甥っ子のことでもあり、あまり事を荒立てずに済ませたい、ということのようだ。

肩をすぼめてうつむいている男と憮然《ぶぜん》として甥を睨《にら》み付けている夫妻を置いて、二人はいったんその場から引き上げた。

翌朝、貴之が仕事場に行こうとしたところにインターホンが鳴った。

典明が硬い表情で玄関先に立っていた。

「すみません」と謝られて「まあ、屋根登っただけだから、それより怪我はなかった？」と尋ねた貴之に、相手は「ええ、大したことなくて」と視線を合わせずに答え、「あの……今、うち、来てもらっていいですかね」と口ごもりながら言う。

「いや、またやらなければいいだけのことなので」と貴之が答えたのを遮り、「わけ、話しますんで」と典明は先に立って、伯父夫婦の家に貴之を連れていく。

どんなわけがあるのか知らないが、お人好しの貴之一人ではこんなときは心許なく、祥子も後に続く。家に上がると老夫婦が出てきて気まずそうに挨拶した。

男は伯父夫婦をその場に残したまま、二人を二階に案内する。上り切った先の北側のドアを開けると、壁際にスチール棚が置かれ、中央のデスクにパソコン数台が並び、床にコードがとぐろを巻いているそこそこ広い洋間になっていた。そこが男の居室のようだった。

異様な臭気がする。ゴミやトイレの悪臭ではない。湿った土や腐りかけた木の葉の匂い、小動物の毛の間から立ち上る臭気、そんなどこかしら生命の営みを感じさせる匂いが室内に充満している。

棚に目を凝らす。

水槽が置かれているが、青い背景に身をくねらせて泳ぐ熱帯魚、海水魚の類いはいない。暗い。暗い水槽が湿った匂いを発してそこにある。

男はそれらのものについて説明することもなく、棚の背後にあるカーテンを開け放つ。

そこは掃き出し窓になっていて、いつかその家の主婦が車のカバーを干していた物干し場に続く、ごく狭い屋外通路があった。

男は通路上に置かれたサンダルを履くように貴之に促すと、物干し場に行き、そこの手すりを跨ぎ越し、物干し場の床とほぼ接している祥子たちの家の傾斜の急な屋根に乗った。

目を凝らすと化粧スレートで葺かれた屋根に、横一直線にキャットウォークのようなものが延びている。

普通に考えれば落雪防止金具だが、ここはほとんど雪など降らない温暖な地域だ。そんなキャットウォークのような立派な落雪防止金具を取り付ける必要はない。

付いてこいというように男はこちらを振り返ったが、貴之は躊躇している。

百キロ近い体重の上に、音楽的センスと偏差値には恵まれていても、運動神経はないに等しい男だ。

祥子はすばやく階下に降りると玄関先に置いてあった自分のサンダルを持って上がって来た。

「私、行く」

「危ない、だめだ、祥子ちゃん」

慌てて止める貴之を振り切って、手すりを跨ぎ越す。

化粧スレート葺きの屋根は、急斜面だというのに意外なくらい滑らない。

男はキャットウォークのような金具の上を二、三歩行って北側の破風《はふ》部分で立ち止まった。そこから妻壁に張り付いたように見えた。北側の林の中からは、常緑樹のスダジイに阻まれて見えなかったが、妻壁の北側飾り窓の下にはフラワーボックスのような小さなベランダがついており、横一直線に梁のように屋根部分まで延びていた。

そのベランダを伝い飾り窓まで行った男が、片手で掛けがねか何かを外したように見えた。次の瞬間、窓は内側に開いた。こちらを振り返り来いというように手招きして、男はするりと屋根裏に入った。

借家とはいえ自宅の天井の上にそんな部屋があったことは知らされなかった。しかもその存在すら気づかなかった男が隣家に住んでいて、その場所に自由に出入りしていたことに、祥子は衝撃を受けた。

さきほどから「危ない、戻ってこい」と叫んでいる貴之に小さく手を振り、そのフラワーボックスのように狭いベランダに足を置く。

木製の床部分は狭いがしっかりしている。

手すりは低くせいぜい膝くらいしかないが、転倒でもしない限りは落ちることはない。

飾り窓から中を覗き、そのにおいに気づいた。この男の部屋に漂っていたにおいとは違う、必ずしも悪臭とは言えないが、やはり生き物の発する、土のような、溜まり水のような懐かしいにおいだった。

そこは屋根裏ではあったが、屋根裏「部屋」とは言いがたい空間だった。

南側の飾り窓から差し込む光で、内部は意外に明るい。しかし合板の床から無骨な数本の柱が立ち上がって屋根を支え、中央部は辛うじて立って歩ける高さがあるが、テントのように角度のついた壁は圧迫感があり、物置としても使えない、ただの空間だった。

合板床の南側半分くらいのところに何か敷き詰めてある。

洋蘭の鉢や自然公園の歩道に使われるバークだ。その端に何かがある。楕円形のドーム状のものが逆光に浮かび上がる。動いたように見えたのは気のせいかもしれない。

屈んで中に入る。祥子の背丈は百五十センチにも満たないから、中央部を歩くのに支障はない。

男はそのドーム状のものに向かい、何か呼びかけた。

それを凝視して祥子は息を呑んだ。

動いたのだ。よちよちと這って男に近付いてくる。

盛り上がった分厚い甲羅、六角形のタイルを貼り付けたような茶と黄色の文様。亀だった。甲羅の長径が八十センチ、短径は六十センチ、高さ四十センチくらいはありそうな巨大な亀がそこにいた。

男は柱にぶら下げてあるシャベルのようなものを手にすると、バークを掬い取り袋に詰めた。糞の掃除をしている。

祥子は啞然として、その生き物を眺めている。分厚く艶のある甲羅、太い足、太い首と一続きになった鱗の際立つ頭。

爬虫類を可愛いと思う感覚などないが、その目は意外なことに小鳥に似てつぶらだった。そのつぶらな目で祥子を認めた瞬間、爬虫類にそんな知能はないと思うのだが、あきらかに警戒したように首をすくめる。

「だいじょうぶだよ、安心して」

その言葉を祥子にではなく、その生き物にかけてやりながら、男はその目の後ろを指先でそっと撫でてやる。

亀は大きなおとなしい犬のように男にすり寄っていく。

「これが動き回る音だったのですね」

呆《あき》れて憤慨する気にもなれないまま、祥子はその生き物を見下ろす。

「いや……あれはたまたま」と床の一角を指差す。そこだけ床材が周囲と違い、ベニヤ合板になっている。

「そこの階段を降りて下に行っちゃったので」

「下に、って？」

屋根裏は元々、二層になっていると男は説明した。

考えてみれば急勾配でかなりの高さのある屋根だから、この空間も本来ならもう少し高さがあっていいはずだった。つまりあの夜、貴之がベッドルームから入ろうとしてかなわなかったのは、下層の屋根裏だったらしい。

「亀が階段を降りるんですか」

男はうなずいた。ごく小さな亀でもかなりの段差を上り下りするのだ、と言う。

「板で蓋をしておくんだけど、前足で外してしまう」

爬虫類にそんな知能があるのか？　にわかには信じがたい。

どう判断していいものやら混乱したまま、その場を後にして隣家の物干し場に戻った。

心配げな顔で待っていた貴之に祥子は見てきたものについて手短かに告げる。

「亀？」

貴之は素っ頓狂な声を上げた。

何か質問したそうな貴之をうながして一階に降りると、この家の主人と妻が渋い顔で待っていた。

「私どももまったく知らされてなかったことで、昨夜、こいつに聞かされて、さてどうしたものか、と」

男は伯父の方を上目遣いにうかがいながら肩をすぼめて立っている。

堀内家の主人は苦り切った表情で甥を一瞥した後、貴之に言う。

「おたくが住んでいる家は確かに身内の持ち物ですが、私どもは賃貸契約については何も関わっていないんですよ、弟と不動産会社の間の話だったので。なので不動産屋の方に話をしてもらえませんか」

一軒家として借りた家の屋根裏に、大家の息子が勝手に入り込んでいた、しかもそこで生き物を飼っていた、となれば、引っ越すにしても敷金礼金は全額返金だろう。迷惑料として引っ越し費用の負担くらいは請求できる。

「また引っ越しするとなると面倒な話ですし」

不意に貴之が呑気な口調で言った。

「屋根裏の亀は引き上げてもらって、僕らが家を借りている間は勝手に出入りしないと約束してもらえば、別にかまいませんよ」

祥子は思わず顔を上げる。

老夫婦二人と思い込んでいた隣家に、実は中年の男が同居していた。そこに住んでいる気配さえなかった薄気味悪い男が、自分たちの借りている家に勝手に出入りしていたのだ。

その理由がわかって、亀を引き上げてもらったところで不信感はぬぐえない。

とはいえどこかに引っ越すとして、庭先に骨灰が埋まっていることを除けば、今の家ほど住み心地が良く、仕事場としても使い勝手が良い物件などあるだろうか。

困惑している妻の気分になどおかまいなく、貴之は「それじゃ」と男の方を見やる。

「おたくは、ええと……上の名前をうかがってなかったですよね」

「堀内」と男は名乗った。老夫婦と同じ姓だ。

「それじゃ、堀内さん、ちょっとうちに来て、何がどうなってるのか聞かせてもらっていいですか。僕は亀がいると言われてもさっぱりわけがわからないので」

わけがわからないのは祥子も同じだが、この男を家に上げたくはない。そんな妻の不快感に頓着した様子もなく、貴之は堀内典明を自宅に連れていく。

「あ、祥子ちゃん、コーヒー入れて」

ダイニングテーブルについた貴之は祥子に声をかけると、典明に向かい「コーヒーでいいですか」と尋ねる。

「すいません、僕、コーヒーだめなんで」と典明は首を縮めた。

年齢からいえばどう見ても貴之の方が下だが、態度は年長者だ。

祥子は庭先のミントで作ったお茶を入れる。

「あの亀、飼っちゃいけないやつなんです」

典明はうつむいたままぽつりと言った。

「もしかしてミドリガメ？」

祥子は尋ねる。子供が夜店で買ってきたものが、どんどん大きくなり、飼いきれずに近所の川原などに捨てると生態系を破壊するという外来種だ。

「いえ、ミドリガメは飼い主が最後まで責任持って飼えばいいんだけれど、僕のコハクは、飼うこと自体が禁止なんで」

「コハク？」

屋根裏にいたあれはチチュウカイコハクガメという種類らしい。盛り上がったドーム状の甲羅の中央部分がコハクのような透明感のある金茶色をしていることからついた名前だろう。

「ワシントン条約違反……」

うつむいたまま典明はぼそりと答えた。

「ワシントン条約って、あの野生動物を輸入禁止にしているあれ？　でもあんな大きなものを、密輸したの？」

「いえ、初めは掌に載るくらいで」

三十数年も前の話だと言う。

少年時代の典明は、父親の仕事の関係で両親とともにアメリカのロサンゼルス郊外の町に住んでいた。そのときにゴールデンレトリバーを飼っていたのだが、家族が留守にするとその犬が寂しさからか、退屈からか、家具をひっくり返したり、ソファを破いたりとひどいいたずらをするようになった。

　知人に相談すると、もう一匹犬を飼うことを勧められたが、犬二頭は負担が重い。そのときに犬でなければリクガメでもいいのだ、と近所に住んでいたギリシャ移民の家族から教えられた。部屋の中に犬と一緒に置いておくと、犬にとっては退屈しのぎになり、たとえ犬が噛んだりしても亀には甲羅があるので怪我をしたりはしない、という。その知人のギリシャ系アメリカ人は自宅で繁殖させたという、カブトムシほどの大きさの亀を堀内家にくれた。種類などわからなかった。

　その小さな亀は、元来穏やかな気質の犬にとっては玩具ではなかった。典明の家族が飼っていたゴールデンレトリバーは、その亀を、自分が守るべき小さな友達と認識した。いつも自分の前足の間に置き、ひっきりなしに甲羅をなめてやっていたらしい。

　それから二年後、典明の父親は本社に戻され、一家はアメリカの住まいを引き払い帰国することになった。カブトムシほどだった亀は大人の掌にちょうど載るくらいの大きさに成長していた。

　そのとき問題が持ち上がった。飼っていた犬と一緒に検疫を受けさせるために、亀の種類を念のため前もって調べてみたところ、絶滅危惧種としてもともとが商取引を禁止されている南ヨーロッパに生息するリクガメとわかった。そこからアメリカに密輸されたものと想像はついたが、事情を聞こうにも亀をくれたギリシャ系アメリカ人は少し前に祖国に帰ってしまい連絡が取れない。

何より犬にも人にもよく懐き、家族の後をよちよちと付いて歩き、人の手から食べ物をもらうようになった亀を手放すことなど、どんな事情があろうともはやできなかった。

そこで亀は小さな箱に収められ、典明の母親のバッグで日本に持ち込まれたのだ。

帰国した翌年には、父親が、兄夫婦が住んでいた家の敷地に家を建て、一家は犬一頭と亀一匹とともにそこで暮らし始める。

犬が死んだのは日本に戻ってきて四年後のことだった。八歳という大型犬としてはほぼ平均的な歳で、ブロンドの被毛は顔から白くなり、死ぬ間際にはほぼ全身が真っ白になっていた。人との距離が特に近くなる犬種のことでもあり、典明の母親の悲しみは子供を亡くしたように深く、ペット霊園に入れるのはかわいそうだ、と庭先に墓を作って骨を埋め、愛犬のかつての被毛の色と似た薄茶色の石を置いた。その墓石の周りには白菊を植えて、月命日ごとに水と好物だった果物を供えたりしていた、と典明は言う。

「もしかして、あれがそうですか」

思わず声を上げて裏庭を指差すと典明はこくりとうなずいた。

地主の相続争いの果ての刃傷沙汰などではなかった。

そうして犬は死んだが、亀は生き残った。生き残っただけではなく、犬が死んだときにはすでに甲羅の差し渡しは五十センチを超えていた。

友を失った亀は、庭先の狭い芝生と玄関に置かれたケージを往き来して遊んでいたが、成長するにつれ、その甲羅のコハク色は艶を増し、厚みのあるドーム状の甲羅と爬虫類とも思えない愛嬌のある顔が、人目を引くようになっていた。

父親の仕事の関係で一家がクアラルンプールに引っ越すことになったのは、典明が県内でも有数のサッカーの強豪高校に入学が決まった年の五月のことだった。

選手として活躍する夢を抱いていた典明は、日本に残ると言い張り、長くても五年で帰国できると踏んだ両親は、亀と一人息子を子供のいない兄夫婦に預け、マレーシアに発った。

典明の両親が建てた「風の家」は、地元の不動産屋を通して賃貸に出され、亀は伯父たちが不慣れながらも、自宅のケージで飼ってくれることになっていたが、典明に関しては当初、伯父の家で暮らす予定ではなかった。

サッカー部の生徒たちが寄宿する寮に入ったのだ。

だが、入学から半年経ったその年の十月、典明は、寮を出て伯父の家に戻ってきた。

「ちょっと怪我なんかして、練習に出られなくなって、やっぱり自分は寮生活には向いてないとわかって」と典明は、上目遣いで言葉を濁しながら、祥子たちにその理由を説明する。

いじめ、だと祥子には察しがついた。自分たちとはセンスが違う帰国子女を、ただでさえ同調圧力が激しいであろうスポーツ強豪校の先輩、同級生、教師やコーチたちがどんな風に扱ったのか……。現在のように強豪校が世界各国から留学生を集め、多様性を認める時代ではなかった。

そのあたりの事情を口にせず、単に「自分は寮生活に向いてなかった」とだけ説明することに、典明の負った傷の深さがうかがえる。

「日本を離れるなんていうことは考えなかったの？」

気楽な口調で貴之が尋ねる。

「クアラルンプールに？」と典明は眉をひそめて、首を横に振った。

「亀がいたから」

典明が高校の寮を出て伯父の家に戻ってきた直後に、問題が持ち上がったのだと言う。

伯父の家を訪れた元同僚が、そのときたまたま農水省に出向して検疫の仕事に携わっていた。

「もしかするとヤバいですよ、この亀」と、軒下と庭の柵内を自由に歩き回っているものを指差して言ったらしい。

後日、元同僚が送ってくれた資料から、伯父はそれがワシントン条約で絶滅危惧種に指定されていて、商取引はもちろん飼育も禁止されている大型のリクガメ、と知ったのだ。

自身も中央官庁のノンキャリアとして、犯罪行為はもちろんのこと、ちょっとした違反行為にも手を染めず、ひたすら堅く生きていた伯父は慌てた。

認識しているかいないかにかかわらず、その亀を飼うことは犯罪にほかならない。

典明が手放すのは嫌だと訴える傍らで、伯父は元同僚に電話をかけて処分方法を尋ねた。

元同僚の説明によれば、ワシントン条約で規制がかかっている種であっても、条件次第では、すでに飼っているものについては登録手続きをしてそのまま飼育することができるということだった。だが、典明の亀の場合、海外で違法に譲渡されたものであり、さらにそれを典明の両親が密輸したものであるから、登録はできない。すなわち飼い続けることは許されなかった。

方法は一つしかない。

警察に通報して押収してもらうことだ。

押収された動物は動物園に引き取られる。

それには伯父が二の足を踏んだ。絶滅危惧種の亀をアメリカから日本に運んできたことは犯罪行為であり、当然、罰則もある。

特に典明の両親の場合は違法であることを知っていながら、税関でのチェックを避けて、こっそり持ち込んでいるから、一年以下の懲役又は百万円以下の罰金という「種の保存法」による罰則よりさらに重くなるかもしれない。

罰金の問題ではなく、伯父としては身内がさしたる悪気もなく犯してしまった行為について告発などしたくない。また昔気質《かたぎ》の伯父は、身内の恥は自分の恥とする感覚も強い。

ならばこっそり飼い続けるか？　その選択肢は他の動物ならあるだろうが、亀についてはむずかしい。

典明の家族がカリフォルニアで亀を飼い始めてから十年ほどが経過している。犬猫なら死んでいるか、かなり老齢になっている。犯罪行為が明るみに出る前に死ぬ可能性が高い。しかし亀の寿命は十年、二十年ではきかない。

問題はそれだけではなかった。

爬虫類である亀は生きている限り大きくなる。どこまで大きくなるのかはわからない。

少なくともこの先、飼い続けるというのは伯父にとっては非現実的な話だった。

どこかに捨ててくる、あるいは甥に捨ててこい、と命じるか？

それも、信用第一でひたすら堅い人生を歩んできた伯父にとってはあり得ない。そうした行為は日本の生態系に対しての脅威になり、発見されれば新聞沙汰になる。当然、それを捨てた犯人捜しもなされるからだ。

「どこかから自宅の庭にやってきたのを、弟たちが知らないで飼っていた、とか何とかごまかして警察に持っていってもらったら」

伯母が遠慮がちに進言したが、伯父は「そう簡単にごまかせるはずはない」と苦り切った顔で腕組みしたらしい。

サッカーの夢を断ちきられて寮から戻ってきた典明は、口出しすることを許されず、傍らで黙ってそのやりとりを聞いているしかなかった。

飼ってはいけないものをペットとして飼っていた。もし手放さなければならないとしたら……。

典明はそれを人間側の都合ではなく、亀の身の上から考えた。

頭に浮かんだのは、以前、テレビドキュメンタリーで見た、自然保護官がそれらの押収された動物を、リハビリセンターで訓練した後に野生に戻すという活動だった。

帰国子女である典明は、その当時は母国語のように英語が使えたから、亀の元々の生息地で動植物保護活動を行っている機関にFAXで問い合わせた。

戻ってきた答えはつれないものだった。他国でペットとして飼われていた亀は、本来の生息地の自然に戻すことはできない、という。単にリハビリに時間がかかるということではない。それまで飼われていた国でどんな細菌やウィルスに汚染されているかわからないからだ。そうした個体を自然に戻した結果、現地の生態系に深刻なダメージを与えるかもしれない、というのが理由だった。

その返事をもらうまでの間に、伯父の方は国内の動物園に問い合わせをしていた。

名前を伏せ、たまたま拾った亀が日本で飼育が禁止されている希少種らしいので引き取って欲しい、と告げたところ、先方の答えは「まず警察に連絡してください」というものだった。「ワシントン条約違反」「外為法違反」としての捜査を前提としたうえでしか、そうした動物は、動物園で預かることができないのだ。

次に伯父が問い合わせたのは、地方のレジャー施設を兼ねた私設動物園だった。

公立動物園と違い、そのあたりの動物の素性についてはそれほど厳密に追及はされないし、規則も緩いだろうと伯父は踏んだようだった。事実、一部の動物園では、密輸された動物を引き取ったり、ときには購入して、国内で繁殖させたものと偽って展示しているケースもあった。

だが、先方の責任者は伯父の話を最後まで聞くことなく、「あー、それね、どこの動物園も困ってるんですよ」と遮った。

飼い主が飼いきれなくなって引き取りを依頼してくる動物といえば、寿命の長い亀が一番多いと言う。バックヤードまでが一杯になっているうえに、その種のリクガメは大きくなるから広いケージが必要なうえ、重いので飼育する方も管理がたいへんだ。そんなことでどこも亀の引き取りは嫌がり、警察から押しつけられた公立動物園などは大きくならないように、餌の量を調整して飼っているらしい。本国に戻すのが筋なのだろうが、それは典明が直接聞いたような理由で不可能だ。

ならこっそり殺して庭に埋めてしまえ、という発想には、普通の感覚を持った人間ならならない。

伯父はしばらく腕組みをした後に、意を決したように言った。

「やはり警察に引き取ってもらうぞ」と。

弟が、自宅に迷い込んできた亀を、それと知らずに飼ったものだ、と説明するつもりだった。典明はこのときも蚊帳《かや》の外に置かれていたのだが、伯父からもし何か聞かれたら、そう答えろと言い含められた。

それでも警察から追及されれば、そんなごまかしはすぐにばれるかもしれない。

いずれにしても弟夫婦のところに話を通しておかなければならない、と伯父は考えた。

日本の警察から電話がかかってきていろいろ質問されるかもしれないので、口裏は合わせておかなくてはならない。最悪の場合は逮捕ということもあり得るから、タイミングを見計らって電話をする、というような話を伯母にしているのを聞いた典明はその日のうちに行動に出た。

両親と共に住んでいた隣の家はまだだれにも貸し出されていなかった。

そこの屋根裏がどうなっているのか、典明は知っていた。

温暖な地域に建てられた「風の家」。中二階のついた平屋建てに急勾配の屋根。およそ実用的ではないデザインの家をひときわ瀟洒《しょうしゃ》に見せているのは、その妻壁部分に開けられた窓だった。

フラワーボックスのような狭いベランダと、木製の窓枠、そこにはまっている幾何学文様のやはり木製の桟。

それがエーゲ海の島々のいくつかに見られる鳩小屋を模したものであることを知っていたのは、建築家と施主である典明の父親だけだった。

にもかかわらず、そこが鳩小屋として使われたことはない。物置として使われたこともない。

典明の両親は、地中海の鳩小屋を付けた「風の家」の外観に満足し、屋根裏に鳩や、ましてや人が入るなど想定外だった。美しい窓は通風を保ち、湿気や結露を防ぐ機能はあったが、それよりも建物を装飾するためのものだった。それでもそこは部屋としてまったく使えないものでもない。建築家の方針として断熱材は屋根裏の床ではなく屋根の内側に張られていたから、屋根裏は夏の暑さ、冬の寒さから守られており、さらに中二階と一階居住部分の快適性を高めるために、床は二重に張られていた。

その屋根裏部屋は少年時代の典明の遊び場であり、秘密基地になった。屋根まで梯子をかけたりすれば、両親にみつかってしまい秘密基地の意味はなくなる。だから自分の家のように出入りしていた、隣の伯父夫妻の家の物干しから急斜面の屋根に下り、端まで歩いて、落下の危険を冒しながら妻壁に取り付けられた窓の小さな飾りベランダに足を伸ばし、窓枠を摑《つか》んで、窓に張り付き、掛け金を外して中に入る。背中がぞくぞくするような怖さと楽しさの虜になった。

とはいえ子供の秘密基地などいつまでも秘密であるわけもなく、あるとき隣家の二階で洗濯物を取り込んでいた伯母にみつかり知らせを受けた父から大目玉を食らった。

その程度のことで、冒険は止められない。その後もたびたび入り込み、あるとき飾り窓に張り付いている姿を父にみつかり、大声で注意された拍子に足を滑らせた。あわや転落するところを両手で窓枠にしがみついたが、悪くすれば大怪我をしていた。

普通の親なら窓を釘付けにするところだが、典明の父親は、それほどまでに入りたいなら、と屋根上に雪止めに似たキャットウォークを取り付け、妻壁の窓に取り付けられたフラワーボックス風のベランダを破風まで延長させ、梯子をかけて屋根に登れば息子が安全に「部屋」に入れるようにした。

息子の我が儘に屈したというよりは、別の目的があった。

最初から地中海風鳩小屋を模して作られたその部屋は、飾り窓から入る木の葉や野鳥の羽根や糞、埃《ほこり》などで汚れる。秘密基地への出入りを許してもらった典明は、かわりに「部屋」の掃除を父から命じられたのだった。

やがて日本の学校にも馴染み、少年期の子供っぽい楽しみから離れた典明が、そんな秘密基地のことなど忘れた頃、両親は亀と息子を残してクアラルンプールに引っ越していった。

数ヵ月後、サッカー強豪校の寮から夢破れて戻ってきた典明は、ケージの中の亀を前にして、それが警察に押収され、動物園に預けられる日をやりきれない気持ちで待っていた。

カリフォルニアにいた頃、掌に載るほどのサイズだった亀は差し渡し五十センチ以上にも成長し、典明によく懐いていた。手から餌をもらい、彼の後ろをよちよちと付いて歩く、ペットというよりは家族のような存在になっていた。

それが動物園の厄介者として薄暗いバックヤードで、一頭だけでとりあえず生存させられる。しかも大きくならないように餌を制限されながら。

その苦しさと虚しさ、孤独を想像すると胸を締め付けられた。

翌日の夜、亀は当時は空き家になっていた「風の家」の屋根裏部屋、かつての典明の秘密基地に放たれた。

庭から忽然と消えた亀の行方を伯父夫婦から聞かれたが、典明は知らない、と突っぱねた。

「警察に引き渡されると知って逃げたのよ」という伯母の言葉ににこりともせず、伯父は「みつかったら持ち主を調べられるぞ」と心配し、典明と連れだって裏の里山や周辺の畑、少し離れた川原などを二日ほど捜し歩いたが、みつかるはずもない。

風通しが良く、飾り窓から光が入り、広々とした屋根裏部屋で、亀は典明の運ぶ餌を食べながら歩き回っていた。

夜になると典明は屋根裏部屋に入り、餌をやり水を替え、掃除をする。二日に一度、そうした作業をするが、十二月の半ばを過ぎると亀は冬眠に入る。

バークをたっぷり入れた箱の中に潜って翌年の三月まで眠りにつく。

寮から伯父夫婦の家に逃げ帰ってきた典明は、そのまま寮にも学校にも戻ることはなかった。登校をうながす伯父を避けて、伯父の家の一部屋に引きこもってしまったのだ。

連絡を受けて一時帰国した両親が、一緒にクアラルンプールに来るようにと説得したが典明は視線も合わせない。

では何をしたいのか、と父が尋ねても、反応はない。

しばらく様子を見ようという話になって親たちがクアラルンプールに戻った後も、いっこうに事態は変わらなかった。かといって一室に引きこもったまま出てこないわけでもない。暴力を振るったり暴れたりということもない。

伯父のいない昼間は伯母と普通に話をするし、外にも出る。

また初対面の人間や店員などとも普通にやりとりするし、挨拶もする。ところが学校やアルバイト先や、近所といった場所で、半端に知り合いになった人間に対しては、ある時点を境に凍ったように体が硬くなり、視線を合わせられず、言葉を失ってしまうのだ。

無理強いは禁物というのが、不登校の子供に対する対処法の鉄則でもあり、伯父夫婦も両親も様子を見ているうちに月日だけが経っていった。

両親の海外滞在は長くなり、家は不動産屋を通して貸し出されるようになったが、典明はひっそり亀を飼い続けた。

何人も借家人が替わったが、だれも隣に住む家主の息子が屋根裏に出入りしているのに気づかなかったのは、北側の妻壁と破風が裏手の里山に面していて、下からは常緑樹の枝葉に遮られ見えなかったからかもしれない。

さすがに伯母などは、自宅の物干し場から隣の家の屋根に下りる甥の姿を目にすることはあったが、「風の家」の屋根裏に溜まった木の葉や埃を掃除すると言われれば、引きこもったまま中年を迎えた甥に不審な目を向けながらも強く出ることはできなかった。

十六の歳から二十数年、学校にも行かず特定の仕事にも就かず、気配を消すようにして伯父の家で典明が暮らしていられたのは、両親から伯父宛に送金があったからではあるが、二十歳をずいぶん過ぎたあたりから、社会と繋がりを持たないように見えながらも、彼がそこそこの収入を得て、それを伯母に渡すようになったからでもある。

学校に行かなくなった典明が水槽や電球、加湿器などをネットで注文しては部屋に運び入れ、小生物を飼い始めた頃、用途や目的を詰問する伯父を、伯母がいさめて甥の好きなようにさせたのは、預かった少年が非行に走ったり、家庭内で暴れたりされるよりはましだ、と考えたからでもあるし、血が繋がっていない分だけ遠慮があって、心理的距離が保て冷静でいられたということもある。

典明にしてみれば飼育の難しいリクガメを誰にも知られず飼って、病気にもせず成長させていることが自信に繋がった部分もある。

素人は滅多に成功しないハナカマキリの繁殖に成功したことを皮切りに、典明はいくつかの種類の希少昆虫のブリーダーとして業者の間で名前を知られるようになる。やがて利幅の薄い単なるブリーダーから、ネットを通じて自ら販売するようになり、それが軌道に乗る。

世間で言う引きこもりで、そうした男がこの家に住んでいることを隣近所からも知られないまま、典明は年老いた伯父夫婦や両親から経済的な面では自立して、ひっそりと生きていたのだった。

唯一の友達が屋根裏の亀であることは、祥子にも想像がつく。

「何年、屋根裏で飼ってるんだっけ？」

傍らで夫が典明に尋ねた。

「二十八年」

「家族みたいなものだね」

「家族です」

奇妙なくらい毅然とした口調で典明は答えた。

気圧《けお》されたように短い沈黙があった。

貴之は、ふうっと息を吐きながらダイニングの椅子から立ち上がる。

「別にうちは屋根裏部屋は使わないし、掃除してもらってるんならいいんじゃない？」

すこぶる気楽な様子でそう言うと、祥子の顔を見る。

「はあ？」

何も考えてない、というのは、この人のためにある言葉だ、と呆れる。

「もともと大家さんの身内ではあるんだけど」と祥子は言いかけたが、自分だけが憎まれ役になるのは嫌だ、という気持ちも働き、その先の言葉が途絶えた。

「で、あと何年くらい生きるの、その亀？」

貴之が尋ねた。

典明の顔にためらうような表情が浮かぶ。

「五十年」

「何ですって？」

祥子は思わず口を開けて目の前の中年男の物怖じした顔を見る。

「もしかすると七十年」

小さな声で典明は付け加えた。

「どっちかっていうと」と貴之が言い淀んだ。

「僕の方が先に死にます」

被《かぶ》せるように早口で典明がその先を続けた。

行き場所も帰る場所もなく、そもそも飼ってはいけないことになっている希少生物の行く末に思いを馳せたのだろう、貴之は何とも切なげな顔をした。

「どうだろう、僕も屋根裏に入れてもらっていいかな」

夫の言葉に驚き、祥子はしげしげとその顔を見る。

「人に懐くんだよね、君の亀は」

典明はうなずいた。

「頭がいいから、嫌なことをする人間は避けるけれど、そうでなければそばに来て、目の後ろや首を撫でられるのが好きです」

「そう」とうなずき、貴之は、「ねえ、祥子ちゃん」と妻の顔を覗き込む。

「差し障りは何もないよね」

「差し障り?」

異音の正体は判明した。管理はきちんとしている様子だから、屋根裏に「それ」がいても病気をまき散らされる心配はない。大家の息子が貸家に入り込んだとしても、二人の住まいに出入りされるわけではない。つまり実害はない。

実害がなければ、別にいいじゃないかと物事を簡単に捉える。貴之は単純な男だ。率直すぎるくらい率直で面倒なことを口にせず、考えもしない男だから、繊細で、一見可憐に見えても妙に硬くて大きな芯のある祥子と一緒に暮らしていける。

「僕たちも先に死ぬだろうけど、僕たちの子供なら最後まで飼えるだろう」

「子供……」

まだそんな気配もないのに、と祥子は呆れながら、無意識に自分の下腹に手を当てる。

いったん思い込んだらその方向に突き進むしかない夫のことで、こうなると「まあ、いいけど」と答えるしかない。

「それじゃ午後から生徒が来ちゃうんで」と忙しない口調で告げると、二の句が継げない祥子とぽかんとした表情の典明を残し、貴之は楽譜を手に部屋を出る。玄関先に置かれた古いシティサイクルに跨がると、夏の陽射しの中を、町に向かって走り去っていく。

妻をめとらば才たけて

夜九時過ぎの私鉄の車内は空いていた。

あと三十分ほどで駅に着くから車で迎えにきてくれるようにと、娘にＬＩＮＥを送り終え、女はふと画面から視線を上げる。向かいのシートで黒装束の老人が、地肌がところどころ不自然に禿《は》げた白髪頭をがくりとうつむけて寝入っているのが目に入ってきた。

つい先ほど、夕飯を作って食べさせ、ベッドに寝かせてきた弟と同年代か。

違和感を覚えたのは、寝入っている男が古びたヴァイオリンケースを抱きしめていることだった。

女にとっては子供のヴァイオリンならともかく、還暦どころか古希もとうに過ぎたと思《おぼ》しき男のヴァイオリンというのは、何となく気障《きざ》で受け入れがたいものがある。しかも男の脇に置かれた布バッグの口からは、ワインボトルがコルクを半分押し込んだ状態で覗いている。

女は反射的に鼻をひくつかせた。

酒臭い。

どこかでワインをラッパ飲みしながらヴァイオリンを弾いて、挙げ句、私鉄の車内で泥のように眠る老人。マスクがずれて鼻の穴が丸出しだ。

私立病院の事務長を勤め上げた後、脳梗塞で倒れた実弟の、将棋だけを趣味として生きてきた実直すぎる人生と無意識に引き比べている。

新型コロナの流行で、不要不急の外出を控えるように呼びかけられている最中だ。

飲食店の酒類の提供も禁止されている。

娘を遠くに嫁がせ妻とも死に別れて一人ぼっちになってしまった弟さえいなければ、私だって外出などしない、しかもこんな深夜に、と女は小さく舌打ちする。幼い頃から、女が夜、出歩くものじゃない、としつけられた女にとって、夜の九時はすでに深夜だ。

知事も総理大臣も呼びかけていた。誰もが自粛を守らなければならないときに、繁華街の路上や公園で酒を飲むなど、軽佻浮薄《けいちょうふはく》で自分勝手な若者のすることかと思っていたら、いい歳をしたじいさまが、しかも……とヴァイオリンケースに目をやる。

感染すれば重症化する年代だ。自己責任などでは済まされない。医療従事者に負担をかけ、家族や近所にも迷惑をかけるというのに……。

手の中のスマートフォンが震え、女は視線を画面に戻す。娘からの返信が入っている。「りょ」

のスタンプがひとつ。

世の中がみんなこんな風になっていく、とため息を一つつく。

スピードが落ち、電車は駅のホームに滑り込んでいく。

ドアが開いた瞬間、向かいの座席の男が顔を上げた。

跳ね上がるように座席を立ったかと思うと、片手でヴァイオリンケースを抱きしめたまま、空いた方の手にワインボトルの入った布バッグを摑《つか》み、痩せこけた体を左右に揺すりながら慌てふためいて降りていく。

再び舌打ちして見送った後に気づいた。

紙袋が一つ座席に残されている。

即座に席を立ち、まだ開いているドアから「ちょっと、旦那さん」と叫ぶ。

「旦那さん、忘れ物」

男は振り返ることもなくふらふらと階段に向かっていく。

ドアが閉じた。

鼻から息を吐き出しながら女は座席に戻る。

車内に乗客はほとんどいない。座席の荷物は男の物に間違いない。ゴミには見えない。

底の広い、ケーキの箱でも入っているようなきれいな紙袋だ。

女の降車駅が近づいてくる。

放っておくべきか届けるべきか。

ひとけの無い車内だ。悪い人が乗っていたら持っていかれるかもしれない。だが自分が手をかけたりして置き引きと間違えられるのは心外だ。

女は、少し離れた席に座っている仕事帰りと思しき若い女性客に声をかける。

「おたくのじゃないですよね」

女性客がスマートフォンから顔を上げ、無言のまま顔の前で小さく手を振る。

「駅員さんに届けますよ」と宣言するように言って、紙袋の持ち手を摑む。

その瞬間、嫌な感じがした。

香が匂った。安物の線香ではない。どこぞの名刹か、そうでなければ斎場に漂っているような……。

紙袋の中を覗く。

つるりとした白い陶器の壺。

唾を飲み込んだ。案の定だ。

「私は関係ない」とばかりに座席に戻したかったが、手に取ってしまった以上、それもできない。

冗談じゃないわよ、とつぶやきながら、女はそれを座席の脇に置き、不安と気味悪さに身震いしながら、車窓の外の闇に目を凝らす。ほどなく降車駅の明かりが見えてきた。

片手に買い物の入ったバッグ、もう一方の手に男の忘れ物を持って女は電車を降りると、駅窓口へと急いだ。

「これ、忘れ物、お骨です、お骨」

息を弾ませながら駅員に告げる。

相手に動揺した様子はまったく見えない。

「ありがとうございます、ではこちらに」と置き忘れの傘でも預かったかのような平静さで、若い駅員は書類を差し出す。

「酔っ払いだったんですよ、バイオリンなんか抱えて、寝込んでいて、それで新百合《しんゆり》の駅で慌てて降りていって」

窓口に身を乗り出し女は訴える。

「あ、はい」

物が物だというのに、素っ気なく答えるだけでこちらに視線も合わせない駅員の態度を苦々しく眺めながら、女は言いつのる。

「どんな人か、私、見てましたから、特徴とか言っておかないでいいですか」

「大丈夫です。新宿行き各停の車内ですね」と駅員は書類を確認し、追い払うように「ありがとうございました」と再度、頭を下げる。

「それ、どうなるんですか？」

女は骨壺の入った紙袋を指さす。

「明日、警察に届けます」

事務的な口調で駅員は答えた。

忘れ傘と同じように何日も駅の忘れ物センターに置かれるわけではない。少しほっとしたが、それにしても……。

改札を出て、駅のロータリーの外れまで来ると、黒くぴかぴかに磨かれた軽自動車が待っていた。

「遅かったじゃん」

助手席のドアを開けると、中年をとうに過ぎた娘が気怠《けだる》げに言いながら、座面に置いてあった自分の荷物を後部座席に放り投げた。

「だって、とんでもないものを拾っちゃったのよ」

助手席に腰を下ろしながら、女は、ヴァイオリン弾きと思しき泥酔した老人が骨壺を座席に忘れていったのだ、と憤慨しながら話す。

「いくら何でも葬式であんなに酔っ払うほど飲んで、それにバイオリンなんか持ってるって、何考えてるのかしら、まったく」

「へえ」

「そういえば、あのじいさま、黒装束だけど喪服じゃなかったわ。黒いポロシャツに黒いジーパンよ。芸術だの音楽だのやる人って、ちょっと変わってるっていうけど」

「わざとだよ」

遮るように娘が言った。

「わざと、って、ジーパンのこと?」

「そうじゃなくて、わざとお骨を置いてったってこと」

「いくらなんでも」

「最近、多いんだよ」と娘はゆっくりと車をロータリーから出す。

「そのおじいさんの年格好からすると、老老介護して見送った超高齢の親じゃないかな。九十八歳の母親とか。やっと終わったぜ、金輪際、関わるのはごめんだ、みたいな」

「とんでもないことだわ」

腹の底が冷たくなり、女は身震いする。

「でも、あるんだよ。何十年も介護して見送ったはいいけど、今度は骨の処分に困るって。墓買いたくても、その頃にはもうお金を使い果たしてるから」

「お金なんかないわけないでしょ、だってバイオリンよ、バイオリン。あんなもの弾いてられる身分だもの。それも酒瓶なんか抱えて酔っ払って」

「単純に面倒くさくなって座席に置いていったのかもね。これで遂に解放された、縁切りだ、って感じ」

「恐ろしい世の中だわ」

娘は小さく鼻で笑った。

「笑い事じゃないわよ、あんた」

娘は返事もしないまま、忙しなくハンドルを切り、狭い通りを抜けていく。

「世の中から命の尊さが失われていくのよ、そうやって。お骨を忘れるだけだってたいへんなことなのに、わざと置いていくなんて。そういう心が、いじめとか虐待とか通り魔事件とかに通じるのよ」

運転席から面倒臭そうな鼻息が応える。

「だってあんた、そもそも最近のお葬式だって、おかしいと思わない？　私たちが舅《しゅうと》姑《しゅうとめ》を見送ったときは、お金はなくても身内や町内に知らせてお通夜もお葬式もちゃんとしたわよ。近所の人もたくさん来てくれたし。でも八王子の義姉《ねえ》さんのところじゃ近い身内だけにしか知らせなかったし、相模原の従兄《いとこ》が亡くなったときなんか、あんた、家族葬とか言って、うちにさえ知らせをよこさなかったんだから。後から葉書一枚で済ませるって、何なの、あれは？」

「こっちに余計な金や気を遣わせないためだよ」

娘の冷めた声が答える。

「そんなことぜんぜんありがたくないわよ。それどころかテレビでやってたけど、最近は葬式もせず、いきなり火葬場に送るんだって？」

「直葬のこと？」

「育ててくれた親とかお世話になった人たちに感謝して、きちんと見送るのが人としての道でしょ」

「しょうがないじゃん、コロナなんだから」

ああ面倒臭い、とでも言いたげに娘はまだらに染まった茶髪を揺らす。生え際が白っぽいのは、この数ヵ月、美容室に行ってないからだ。

「そうやって何でもかんでもコロナで済ませないでよ」

憤慨しながら女は夫と孫たちの待つ家に向かう。

＊＊＊

「多摩警察署ですが、荻上亮二《おぎうえりようじ》さんの携帯ですか」

二年ほど前から日課となったウォーキングの最中に、電話がかかってきた。

警察署と聞いて、思わず身構えた。

息子が交通事故でも起こしたのか、孫の保育園で何かあったのか、高齢の母親が道に迷って保護されたのか。

警察官の話はそのどれでもなかった。

小田急線の駅から、遺骨の忘れ物が届けられたのだが、身元を特定できるものがなく、骨壺の入っていた紙袋の底から、宅配便の送り状が出てきた。その送付先として記載されていたのが、荻上亮二という名前と彼の携帯番号だったと言う。

心当たりを尋ねられ、とんでもない、と答えている。

自分は遺骨など置き忘れていない。ここ数年、葬式など自分の家から出していない。認知症の母親はまだまだ元気で、この先十年は生きそうだ。

送り状に書かれた発送元を聞いて思い当たるものがあった。

郷里、山梨の小さなワイナリーだ。新型コロナによる自粛要請と客足減少でそれまで卸していた都心のホテルや高級レストランからの注文が激減したとかで、特別頒布会の案内をもらったのだ。

一つは支援目的、もう一つは日頃安酒で宴会をするために部屋を開放してもらっている友人に、たまには高級ワインを飲んでもらおうと、荻上は一万円のパックを注文した。

セミヨンとカベルネ・ソーヴィニヨンの二本入りの箱をぶら提げて、その友人、浅羽《あさば》雅史《まさし》の仕事場を訪れたのは、一週間前のことだった。その際ワインを運ぶために使った紙袋の底から、遺骨と一緒に送り状が出てきたのだ。

もしや、とあれ以来、連絡の途絶えている浅羽の安否が気になった。

詳しい話を聞かせて欲しい、と荻上は警察官に言ったが、相手は、単に遺骨の忘れ物が届けられたという以外、何もわからないと答え、荻上から浅羽の連絡先を聞き出しただけで電話を切った。

すぐに浅羽の携帯に電話をかけたが出ない。それどころか電源が入っていない。次に彼の自宅の固定電話にかけたが、そちらも出ない。

胸騒ぎがした。

浅羽雅史は昨年、肺がんの手術を受けている。

本人に言わせれば、定期的に抗がん剤治療を受けているが至って元気、とのことだった。男同士ではかなり親しい間柄でも、自分の身体の不調についてそれほどあけすけな話はしない。それでもそのところどころにピンクの地肌ののぞく白髪頭の不自然な禿げ方からして、過酷な治療を受けていることは一目瞭然だった。

あの日一緒に飲んだもう一人、役所の同期の森下《もりした》に連絡を取ったが、彼も何も知らないという。

「まさか」

本人の骨じゃないだろうな、という言葉はさすがに森下も口にしない。

「大丈夫かな……」と沈鬱な声を聞かせるだけだ。

二日後、荻上は多摩警察署に電話をかけた。

警察官の話によれば、落とし主は浅羽雅史その人らしい。

本人の骨ではなかった。ほっと胸をなで下ろした。

「どなたかお身内のものだったんですね」と警察官に確認して、ふと首を傾《かし》げる。浅羽のところはすでに二親ともいないはずだ。

「ええ、奥さんのですね」

「奥さん？」

信じがたい思いで問い返した。

約一週間前に浅羽と飲んだが、妻が病気だというような話は出なかった。

「で、その、奥さんのお骨はすでに浅羽さんの元に戻ったわけですね」

妻の身に何が起きたのか知らないが、浅羽がさぞ気を落としているであろうと思うと何とも気の毒だ。

「いや、まだこちらで預かっています」

「まだ、ですか」

「手続きが済み次第お返しすることになりますが」

事務的な物言いにぴんと来るものがあった。

最初に電話をもらったときの警察官の話を思い出すと、単なる電車内の置き忘れではない。むき出しの骨壺が紙袋に入れられていた、ということ自体が異常だ。

埋葬許可証その他身元を特定できるものは普通なら骨壺を収めた桐箱に入っている。その箱から出されて、一見したところ遺骨とはわからないように紙袋に移し替えられていたのだ。

ということは、故意に電車内に放置して下車したのか。

たまたま紙袋の底に荻上の持ち込んだ酒の送り状が貼り付いていたから、素性が判明しただけで、もしそれがなかったら……。

「まさか、逮捕、なんてことは、ないですよね」

おののきながら尋ねた。遺骨であっても故意の廃棄であれば、死体遺棄と見なされる。

「いえ、一応、本人を呼んで話を聞くことになりますが」と相手は言いよどんだ後に続けた。「入院中なので、回復を待ってということになりますね」

「入院ですか、事情聴取に耐えられない状態ということですか、どこの病院ですか」

矢継ぎ早に尋ねたが、それ以上はプライバシーに関わることなので教えられないということだった。


翌日の昼、郊外にあるファミレスに、あの日、浅羽の仕事場で一緒に飲んだ仲間の森下を呼び出した。

遅い昼食で、しかも緊急事態宣言下であるにもかかわらず店内は混み合っていた。

あたりをざっと見回し、接客係が座席に案内しようとするのを断り、奥の方まで行く。まだ森下が来ていないことを確認し、案内されるままにテーブルについてメニューを広げた。

ほどなく目の前に立てられたアクリル板越しに、野球帽を被《かぶ》った森下が太り肉《じし》の体を左右にゆすりながらやってくるのが見えた。

「いや、驚いたのなんのって」

座席にどさりと腰を下ろすと挨拶もそこそこに帽子を取り、禿げ上がった頭の地肌に噴き出した汗を拭く。

「何だか、話しにくいな、これ」とぼやきながら森下は目の前の感染防止用のアクリル板を指先で叩《たた》き、「あの奥さんが亡くなるって、何があったんだ」と太い眉を上げ下げする。

「特にどこが悪いという話は聞いてないよな。ってか、浅羽の話によれば、いつも通り体力気力十分な印象だった」と荻上も首を傾げる。

「ああ、浅羽の方はいつどうなってもおかしくないが、奥さんの方はあの勢いだと、百歳超え確実みたいに見えたよな」

「事故か?」

二人同時に沈黙した。

女同士であれば、家庭内で何かあればすぐに親類や親しい友人に電話やメールで打ち明ける。それが何かの解決に結びつくわけでもないのに、状況だけではなく、自分の心情を吐露し、聞き手は同情の言葉を返し、ときには双方とも涙して長いやりとりをする。だが荻上たちの年代の男同士では、たとえ親しい間柄でも、家族の事情をそれほどあけすけに話すことはない。しばらくしてから「いや、実はさ」という前置きつきの事後報告の形で済ませられることが多い。

「で、何があったかわからんが、遺骨の故意の置き去りって、警察は言うわけか」

「ああ、普通なら桐箱に埋葬関係の書類一式が入っているんだが、箱はなし。身元がばれないように中身の骨壺をむき出しで紙袋に入れた状態で、電車の座席に忘れたらしい」

置き去りにしたという言葉を、仲間のしたことに関しては使いたくなかった。

「なるほど」と森下は腕組みしてうなずく。

「で、その紙袋が、前回、彼の仕事場で飲んだときに僕が酒を持っていった袋で、たまたまその底に送り状が貼り付いていた。それで、警察からこっちに連絡が来たってわけ」

「完全犯罪が、針の穴から破綻ってやつな」

「いや、針の穴ってほどじゃないが、あの送り状がなければ骨の素性はわからず、奥さんの遺骨は警察から無縁墓地行きになっていたな」

「しかし、まあ、あの浅羽がそこまでやったか」

森下はテーブル上のランチメニューを広げ写真に視線を落としたまま、ためらう様子もなく続けた。

「気持ちはわかる」

「まぁね」

死者に遠慮しながら、荻上もうなずく。

「しかし、ばかなことをしたもんだよな、やつも」

うなるように言って、森下は接客係の女性に向かい、「おーい」と片手を上げた。

「これでようやく終わった、と思ったんだろう」

荻上は接客係に「ポークカツ定食、ドリンクバー付き」と自分の分を早口で注文する。

あらためて森下の方を向き直ると、「むっちゃんと別れたりさえしなけりゃ……」と、かつての同僚の名前が口をついて出た。

これまでことあるたびに去来した思いだった。

「しっかり者で気立てが良くて、申し分ない奥さんだった。息子までいたのに」

「大馬鹿野郎だ」と吐き捨て、森下は席を立ちドリンクバーに行きかける。

「おい、マスク、忘れてる」とその後ろ姿に呼びかけ、自分も飲み物を取りにいく。

役所の福祉保健課の職員であったむっちゃんは、浅羽との離婚後に郷里に戻り、地元の保健所で仕事をしながら子供を育てていた。再婚したという噂は聞いていない。

「彼は才ある女性が好きだったんだから、しかたがないさ」

ドリンクバーから持ってきたウーロン茶をすすり上げ、荻上はため息をつく。

あれは役所に入った当初の新任研修の折で、今から半世紀も昔のことになる。

打ち上げの席で何か歌えと言われた浅羽は、カラオケリストをめくっていたかと思うと、ぱたりとそれをテーブルに置き、すっくと立ち上がり伴奏無しで歌い始めた。

「妻をめとらば才たけて」と。

顔色が青白く、ひょろひょろと痩せて長身の浅羽が胸を張って、当時でさえ誰も知らない古い歌を、正確無比な音程で歌う姿はあまりにも印象的で、同期の間では浅羽と言えば、才女好きとして語られるようになった。

そして就職五年目に結婚した相手、同期のむっちゃんも、保健師という仕事柄、落ち着いてテキパキとした仕事ぶりといい、茶道からバドミントンまで何をさせても上手くできてしまう器用さといい、才女と言えなくもなかった。同期や職場内で祝福されながら二人は幸せな結婚生活をスタートさせた。

青白くてひょろ長く、およそ実用的ではない古典的教養ばかりをむやみにため込み、現実問題をとかく抽象的な理念論に落とし込む癖のある、すなわち足下の問題解決能力ゼロの夫を、小柄でよく気がついてしっかり者のむっちゃんが支えてやっている様は、伝記の類いで語られる古い世代の芸術家や文学者の夫婦の図そのもので、男の立場としてはうらやましい限りだった。この先、死が二人を分かつまで、多少の波風はあってもまずは順当な人生を歩んでいくのだろうと、荻上も森下も何となく予想していたのだが。

「変なところに異動希望なんか出すから、ああいうことになるんだよ」と荻上はかぶりを振る。

就職してまもなくの頃から、浅羽が人事課に、公立コンサートホールに併設された資料室への異動希望を出していたことは後から知った。

司書と学芸員の資格を持ち、大学の美学科で音楽学を専攻し、ドイツ語やラテン語も不自由なく読みこなす浅羽であれば、そうした希望も理解できないことはない。

しかし三十代も半ばに入った浅羽が念願叶い、そちらの部署に異動したとき、荻上や森下はいったい彼は将来的にはどうするつもりなのかと呆《あき》れ、心配しあったものだった。

コンサートホールの館長は天下りで、その下にいる職員は現場仕事に忙殺される。資料室の方も利用者サービスの仕事であるから、浅羽が望むような専門分野の高度な研究業務などほとんどない。にもかかわらず身分としては専門職であるから、課長、部長、局長、といった一般的な出世コースから外れてしまう。

「若いうちは、好きなことを仕事にしたい、なんてノーテンキなことを言ってられるけどさ、四十、五十になって出先の係長相当職とか言ったら、給料だって頭打ちだぜ」と案じる森下に、荻上は「むっちゃんがしっかり稼ぐから金の心配なんかないんだろう」と混ぜっ返したが、内心、何とも心許なかった。

当の浅羽の方は水を得た魚のように生き生きとして仕事をしていたが、四十を目前にして二人が管理職レースに血道を上げていた頃、いきなり離婚した。

まずは役所内の女子職員から、次に浅羽の妻であったむっちゃんから、荻上たちはその事実を知らされた。そして驚いて本人に連絡を取った後、ようやくその原因を知った。

夫と妻、双方とも知り合いという立場であれば、夫側からと妻側からとはかなり矛盾した話が聞けるものだが、浅羽とむっちゃんの夫婦の離婚については一致していた。

単純極まる一つの事実しかなかった。

浅羽の浮気だ。いや、浮気でなく本気であったから離婚まで突き進んでしまった。

「日野禮子《れいこ》」という名前など知らなかった、荻上も森下も。聞いたこともなかった。まったく知名度はないが、実は数々の国際コンクールの上位入賞者で実力は折り紙付き、というのは、クラシック音楽の世界ではよくあることらしいが、二人ともともとそんな趣味などないから、業界事情にはうとい。関心もない。

マスコミには登場しないし、一般の人々の話題にも上らないが、海外も含めて複数の音大や音楽学校から教師として声がかかり、来日演奏家たちから共演者として指名を受けるような実力者が業界内には一定数いるそうで、ピアニストの日野禮子もそうした一人だという話は、後日、浅羽の口から聞いた。

たまたま資料室を訪れた日野禮子とレファレンスサービスを行った浅羽の間でどんなやりとりがあったのかは知らない。「僕、ファンなんです」などと、浅羽が目を輝かせたのかもしれない。出身大学のオーケストラでコンサートマスターを務めていたほど、アマチュアとしてはヴァイオリンの名手であった浅羽に対し、何かの拍子に日野禮子が「伴奏してあげるからうちに来なさい」と誘ったという話は、離婚後の本人の口から聞いた。

国際的なピアニストである日野の誘いに浅羽は単純に舞い上がり、妻であったむっちゃんは、「男と女が同じ部屋で二人きりって、そんなの絶対おかしい」と激怒し、「いったい君は、どういう生き方をしてきたんだ」と浅羽が呆れかえり、ますますむっちゃんを怒らせたらしい。

妻にどれほど怒られても、浅羽としては千載一遇のチャンスを逃すことはできなかったのだろう。

　子供がいるというのに、家の中のことをろくに手伝わず、役所から帰ってくるなり防音設備もない自宅マンションでギーギー、キャーキャーとすさまじい騒音を立ててヴァイオリンの練習をする。それがどこかの女とのデートのためだと思うと気が狂いそうだった、と、離婚後しばらくして、むっちゃんはおそろしく冷静な口調で一部始終を語った。

　高尚な趣味の世界に対しての下衆《げす》の勘ぐりは世間にはよくあることだが、浅羽の場合には下衆な女房の危惧こそが正しかった。

　どの時点で浅羽と日野禮子が生身の男女として接近し、夫婦の間に亀裂が入り、決定的な破綻に至ったのか知らないが、それから一年後、浅羽は自宅マンションを追い出され、協議離婚が成立した。

　むっちゃんはマンションを売却し、息子を連れて郷里に帰った。ちょうどバブル景気の最中で、不動産価格は十分高くマンションはそれなりの高値で売れ、むっちゃんもまとまった生活資金を手に入れたらしい。

　一方、本人の不徳のために家を失い、息子との面会権も得られないまま、十数年に亘る養育費の支払いを義務づけられた浅羽は、長兄が跡を継いでいる実家からも絶縁を言い渡されて、日野禮子の住む小田急線沿線の低層高級マンションに転がり込んだ。

　そのマンションも元々は日野禮子の住居ではなかった。勤め先の音大近くの練習室といった位置づけだったものが、貿易会社の役員である夫とうまくいかなくなり、とりあえず別居する形になったときに、自由が丘の自宅から少しずつ所帯道具を移して仮の住まいとしたものだ。

日野夫婦の最終的な破綻に浅羽が関わっていたかどうかは不明だが、とにかくそんな経緯があって、浅羽はいつの時点であったのかこれまた不明だが、日野禮子と結婚していた。

どこかの偏差値の高い大学を出た芸術家気質の同僚が、音大のピアノの先生と不倫して妻に家から追い出され、その先生と再婚した……。

むっちゃんと親しかった役所の女性職員たちは未だに冷ややかに見ていたが、男たちはよくある話として、もはや職場に居なくなったむっちゃんのことは忘れ、浅羽の離婚も再婚も既成事実として受け入れ、浅羽の妻といえば、「有名ではないが偉いピアニスト」である日野禮子、として認知するようになっていた。

四十代半ばを過ぎると、荻上と森下はめまぐるしく異動を繰り返して様々な分野の仕事を経験しながら、管理職として順調に昇格していったが、浅羽はコンサートホールと付属資料室、ときには体育館、と出先機関を行ったり来たりしながら、二人が危惧したとおり係長相当職に留まっていた。

昇格の差は、仲間関係を遠ざける。同期会も開かれなくなり、たまに庁内で顔を合わせれば挨拶くらいはしても、かつてのように飲み歩くこともなく、せいぜいが年賀状のやりとりをする程度のつきあいになっていったのだが、十二年前、三人の間で突如、交流が復活した。

理由は単純だ。三人揃って定年を迎え、かといって退職するには経済的に心許なく、再任用という形で役所に留まった荻上と森下は昨日までの肩書きを失った。それだけならまだしも、昨日までの部下の下でヒラ職員として事務仕事をする日々を迎えたのだ。

一方、浅羽の方は、嘱託職員として資料室に戻ってきて、博覧強記の名物レファレンサーとして週三日勤務する傍ら、どこかの出版社と契約し、翻訳家として楽譜の解説や音楽書の出版に関わるようになっていた。

何とも居心地の悪い職場に身を置くことになった荻上と森下は、誘い合っては飲み歩くうちに、たまたま浅羽と再会し、以来、定年再任用男と嘱託男の三人が頻繁に会っては、再任用男二人は無聊《ぶりよう》をかこち、嘱託男は日本の文化行政の貧困さを嘆きつつ、杯を重ねるようになる。

荻上たちの再任用期間が終わり完全定年退職した七年前からは、三人の交流はますます親密なものになった。

「しかし浅羽の口から奥さんの愚痴はまったく聞かなかったな」

あの頃の男三人のやりとりを荻上は思い返す。

「そりゃ、見栄ってもんがあるからさ」

透明なアクリル板の向こうで、森下がランチのロースカツの一切れにかぶりつきながら答えた。

「いっそ俺たち相手に悪口を言いまくっていれば、骨壺を電車内に捨てるほどに追い込まれやしなかっただろうに」

「言えるか？　そんなこと。むっちゃんとあんな格好で別れて一緒になった奥さんだぜ。ってか、よくまあ三十年も一緒に暮らしていたもんだ」

そんなことを言いながら、森下はロースカツの切れ端にたっぷりとソースを絡めて口に運び、「男はやっぱり肉だ」とうなずく。

「その通り。で、とんかつはヒレじゃない。ロースだよロース」と荻上も同意する。

三人の親密な交流が復活してほどなく、正月明けの日曜日に二人は浅羽の家に招待された。三人ともまだ満額の年金が出ていない時代の話だ。

日野禮子とは初対面でもあり、二人とも取りあえずジャケット着用で、年始の手土産も用意して新百合ヶ丘の浅羽の家を訪れた。

私鉄沿線の低層高級マンションとは聞いていたが、想像以上だった。大理石を貼り付けたエントランスの柱や彫刻や革張りソファの置かれたロビーにまずは度肝を抜かれ、自宅に通されれば、玄関の広さと広い玄関に飾り付けた淡い色調の抽象画、流木とドライフラワーをあしらったオブジェ、由緒ありげなガラスの壺などが調和を保って配置されている様に、「マンダリンホテルか？」と二人で顔を見合わせた。

居間の敷物やソファ、紫檀と思しきティーテーブルとその上にかけられたビーズ刺繍の施されたクロスを目にして、いったいどれくらい金がかかっているのか、と下世話なことを考えていた。

ダイニングテーブル上の由緒ありげな食器には、日野禮子の手作りの料理が並んでいた。向付、八寸、といった順番で出される料理は、どう見ても家庭料理ではなく、その器も含めて料亭そのものだった。

乾杯用スパークリングワインが注がれたグラスは、ぴかぴかに磨き上げられ薄氷のように繊細で、乾杯の折に気楽にぶつけようとした森下を荻上は慌てて止めた。

白いテーブルクロスは高級リネンらしく、うっかり酒や料理の汁など垂らすわけにはいかない。

「お口に合うといいんですけど」

きれいに盛り付けられた料理を並べながら、禮子は艶然と微笑《ほほえ》んでいた。

年齢は公表していないが、荻上たちと同世代くらいのはずだ。

「妻をめとらば才たけて」の後には、「みめ麗しく」と続く。日野禮子が若い頃、見目麗しかったかどうかはわからない。だが初めて会った禮子は、その表情や仕草、風貌に、年月によって風化せず、しなびず、しぼまず、洗練されながら貫禄を増していった年配の女性に特有の威圧感漂う華やかさを備えていた。

家の構えやインテリア、その妻の姿に気後れし、荻上も森下も味などわからなかった。

「いやぁ、奥さん、料理上手ですねぇ。うちなんかおせち料理は毎年デパ地下の既製品ですよ」と取りあえず荻上が褒めると「デパートならいいや。うちなんかスーパーヤオマンだからね」と森下がやけっぱち気味に笑う。

「うちの禮子さんは、ブリやヒラメを一匹自分でさばいちゃう人なので」とうれしそうに浅羽が応じ、「母に仕込まれたんですよ、女の子がそのくらいできなくてはお嫁に行けないと言われた時代のことですから」と禮子は謙遜に聞こえない謙遜をして笑っていた。

名家の娘が、嫁ぎ先の「女中」に侮られず采配を振るうことができるように、母親から完璧に家事を仕込まれる。半世紀も昔の話だ。

男二人にとって極めて緊張度の高い接待なのだが、浅羽の妻はそれを察して台所に引っ込んだりはしない。

旅、料理、酒、芸術……。食卓ではそんな話が繰り出された。立場の違いが対立を生むような社会的な話題を避け、人の噂や仕事の話もなく、禮子は客に料理や酒をすすめながら、巧みに座を盛りあげ、完璧な社交術でその場を仕切る。

大使館の晩餐会かよ、と荻上は内心ため息をつきながら、にやにや笑いを頬に貼り付けたまま話についていき、森下は「いやぁ、どうも、あたしゃ不調法な田舎者で」と自分の禿げ頭を叩く。

次回は近所の「養老乃瀧」で、と森下が浅羽に耳打ちし、その日は這々《ほうほう》の体で退散した。そして二月に入って約束通り、居酒屋で会った折には、さすがに禮子はやって来ず、定年男三人の気のおけないしゃべりで盛りあがった。

それでもちょっとした祝い事でシャンパンが手に入ったとか、浅羽の誕生日だとかで、二人には時折、浅羽を通して禮子から招待の声がかかり、断りにくいまま出かけていった。次第に肩が凝ることはなくなったが、禮子に対する違和感は増していった。

「おい、あのドヤ顔、何とかならんか」

妻子への土産に、と持たされた禮子手作りのマドレーヌの箱を見下ろしながら、帰りの路線バスの中で森下が顔をしかめた。

事前に「次には奥様もどうぞご一緒に」と誘われたが、普通のパートタイム主婦や夫同様再任用の公務員である彼らの妻があの家に招かれたところで、萎縮し話題についていけず苦痛な思いをすることは目に見えていたので断ったのだ。それにもともと妻たちには仲間や親類との親密なつきあいがあり、たとえ禮子でなくても夫の友人関係になど関わりたがらない。

「それはいいが、なんであの奥さん、ああ偉そうなんだ?」と荻上がぼやき、「そりゃ、偉いからだぜ、きっと」と森下が哄笑する。

禮子は役所のパワハラ上司のように威圧的物言いをするわけでもないし、こちらを小馬鹿にする仕草があるわけでもない。だがあいかわらず自分の世界観でその場を仕切るだけでなく、会話の端々に出る、人生や人間をわかったような教訓的な物言いが鼻につく。こちらが何かの偏見に基づく発言をそれと知りつつ、世間話の一つとして口にすると、やんわり訂正が入る。

「それでも実害がなけりゃいいんだけどよ」と森下が太い眉をひそめた。

招待されたときにテーブルに並ぶのが、すべて手作り料理というのはわかっていたが、材料にこだわりがあり、夫である浅羽の外食も特別の日以外は許されず、出来合の惣菜はもちろん冷凍餃子やレトルトカレー、工場生産の普通の菓子まで禁止されているというのだから驚かされる。健康への強い関心はそれ自体悪いことではないが、そこまで行くと宗教だと森下は吐き捨てた。

何より客として訪問した際には、手土産一つにも気を遣う。

食べ物のうちはまだよかったが、あるとき荻上と森下の口から「最近、こんなふうな体の不調が」といった年相応の病気自慢が出た折、一瓶一万円を超える得体の知れないサプリメントを勧められた。

いよいよこれ以上は関われないと感じて荻上はその話題を打ち切ったのだが、もちろん禮子の方からも夫の友人に向かい、その商品を買えとか、一目でマルチとわかる購入組織の会員になれとかいう話はない。それでも「どうぞ試してみて」と高い商品を土産に持たされたのは、負担なだけでなく迷惑だった。

荻上などは、「せっかくくれたのだから飲んでみる」という妻に、「どんな成分が入っているかわからないんだぞ」と一喝して止めさせた。

添加物の類いを嫌い、工場生産された食べ物を徹底して退ける一方で、まさに添加物そのもののサプリを常用している感覚が、荻上には何ともいびつに感じられた。

「まあ、なまじっか金があると原価十円の怪しい錠剤を一万円で買っちまうわけだ」と森下が鼻で笑う。

「山の手の専業主婦連中はけっこうあの手のマルチにはまってるらしいね。旦那の給料つぎ込んで在庫の山を築いてるそうだ。ま、あそこは奥さんの稼ぎでやってるからまだいいが」

そんな話をしながら招待についてはは幾度も断っているうちに、さすがに声はかからなくなったが、荻上がメールをすると浅羽は喜んで繁華街にある居酒屋に出てきた。

狭苦しい個室の一番奥に陣取り、ピアスだらけの金髪の若者が粗雑な手つきで運んでくる唐揚げ、オムそば、フライドポテトの類いをいかにもうれしそうに皿を抱え込むようにして、浅羽は平らげる。

その様を眺めながら「どうだ、うまいもんは体に悪いと決まってるんだ」と森下は胸を反らす。

天狗、和民、目利きの銀次、磯丸水産……。店によっては開店の三十分も前の陽の高いうちから入店させてもらえるほどの馴染《なじ》みになったその数年後、新型コロナの流行が始まった。

東京都知事の口から「ロックダウン」の言葉が出て、世の中が騒然としている中、荻上たちが飲み会を強行したのには、それなりの事情があった。

その前年にもともと青白く痩せてひょろ長かった浅羽がますます細くなり、こめかみの血管が透けて見えるほどに色白になった。

タバコも深酒も無縁だというのに、肺がんと診断されたのだ。手術するにはすでに病巣が大きくなりすぎているということで、しばらく抗がん剤治療を受けて組織を縮小させた後に切った。

ステージがどの段階なのか、余命宣告があったのかどうか、浅羽は詳細を語らず、こちらから聞き出すこともできない中、白髪頭の地肌がところどころ透け不自然な禿げ方をしてきた彼の言動は、重しが取れたように、透明な明るさと軽やかさを帯びてきた。その様に古希を超えた荻上と森下には感じるところがあった。

新型コロナだか何だか知らないが、この歳になれば癌だけでなく、いつ脳梗塞や心筋梗塞などで倒れたっておかしくはない。人間、永遠に生きられるわけじゃない。政府と世間の言うことをきいて、閉門蟄居《ちっきょ》したまま枯死してたまるか、という、男三人の意地もあった。

例によって開店前の居酒屋に顔パスで入り、いつもの狭い個室で生ビールで乾杯した後、「うまいが体に悪いもの」と水割り焼酎のジョッキを並べてオダを上げ、しばらくした後、荻上は春だというのにぞくぞくするほどの寒さを背中に感じた。

手洗いに行くために個室を出てみると、チェーン系居酒屋の大型店にいる客は、彼ら三人だけだった。ひとけのない店内で窓を一部開け放してあるからエアコンもろくに利いていなかったのだ。

第一回目の緊急事態宣言が発出される前夜のことで、まだ誰もが外出を怖れ、言われるがままに自宅に引きこもっていた時期だった。

翌日の宣言発出後はさすがに誰も飲みに行こうとは言い出さず、掟破りをしようにも営業している居酒屋などなく、男三人はときおり思い出したようにメールで連絡を取り合うくらいのことしかできなかった。

せいぜい二、三ヵ月で収まると思っていた新型コロナの流行はいっこうに収束の気配もなく、五月下旬にいったん宣言解除されたものの、その後のＧｏ Ｔｏキャンペーンの施行とともに、第二波がやってきた。

そして今年の正月明けから、第二回目の緊急事態宣言が発令され、その最中に何やらわけのわからない改正法案が成立して、その後まん延防止等重点措置が都内と近県で施行される。

この時期になると誰もがすっかり慣れっこになってしまい、苦境を訴える飲食店の悲痛な声の中、外出自粛の呼びかけもしばしば無視されるようになっていた。

時短営業が本格化すると、荻上たちは例によって陽の高いうちに入店し、テーブル上の透明なアクリル板の端から、オムそば、唐揚げ、フライドポテトの皿を回してつつきあい、総理大臣の無能、官房長官の間抜け面、経済再生担当大臣の耐えがたい軽さをあげつらっては、男三人で盛りあがった。その最中、店員からまだ宵の口だというのにラストオーダーを告げられる。

飲み足りないとぼやきながら解散しかけたとき、不意に浅羽から「僕の仕事場で飲み直さない？」と声がかかった。
二、三年前から、楽譜解説や翻訳の仕事が立て込んで来たために、浅羽は昨年暮れに仕事場を借りたのだという。
新百合ヶ丘の自宅マンションの一室は防音工事が施されてグランドピアノが収まっており、寝室とごく狭い和室の他は、陽光の差し込む広々としたリビングダイニングしかない。そこにパソコンと機材を持ち込んで仕事をしようとしても、なかなか集中しにくく、職業柄必要な大量の本を収める本棚の置き場も不足している。困っていたところにちょうど町田駅近くに手頃なワンルームが見つかったらしい。

その話を聞いたとたんに荻上と森下は同時に視線を合わせ、無意識にうなずいていた。

仕事場と言ってはいるが、いよいよ別居か……。

むっちゃんに続き、禮子さんにも追い出された、とは二人とも考えなかった。

一時の気の迷いで一緒になったはいいが、ご立派な妻と幾歳月。自業自得と諦めたものの、がんを患い、自分の人生もこの先、決して長くはない、と考えた瞬間、浅羽は妻と家から逃げだし、ほっと安らげる場所を求めたのだ。

これが不倫というものの結末か。

堅実そのものの公務員人生を勤め上げ退職した今、退屈で、ときに虚無感にとらえられる場面はあっても、とりあえず安定した生活の中で、孫の成長に希望を繋《つな》ぐことができる。そんな荻上は浅羽の直面した七十二歳の現実に、人生の教訓を見ていた。

途中のコンビニエンスストアで酒類とつまみ類を仕入れ、三人は繁華街の路地を抜けていく。二つの駅と周辺の商業ビルを繋いで長いペデストリアンデッキが延びる華やかな一帯とは対照的な、不潔そうな飲み屋やヤミ金、風俗店が軒を連ねる路地を三人は、浅羽を先頭にして歩いていく。

その界隈に立つ建物の中でも一際薄汚れた雑居ビルに浅羽が入っていったとき、二人は彼の仕事場などではなく、まん延防止措置など無視して明け方までやっているいかがわしい飲み屋に連れていかれるものと思った。

暗い非常階段脇の、狭いエレベーターの中は機械油とアセトアルデヒドと醤油の入り交じった臭気が漂い、階数ボタンは押すのがためらわれるほど汚れていた。

そこの三階で浅羽は降りた。

隣はカラオケスナック、向かいは風俗と思しき店が入っているそのフロアの金属扉に浅羽が鍵を差し込んだとき、二人揃って絶句した。

本当に彼はそこに部屋を借りていた。

ドアを開けると玄関もなくいきなりカーペットが敷かれた部屋になっている。見たところ広いワンルームで、奥にミニキッチンがある。

靴脱ぎ用にカーペットの切られた場所で、スリッパに履き替える。

老朽化したビルに染みついた異臭を消すためか、香の匂いが漂っている。

確かに、そこは紛れもない浅羽の書斎だった。

壁面いっぱいに本棚が置かれ、中央に古く黒光りする机、机上のパソコンと本棚の中段を占めるスピーカーや音響機材と、すべてのものが整然と鎮座している。

キッチンに背を向けて縁がすり切れた長椅子が一つあって肘掛けにヴァイオリンケースが立て

かけられていた。

生活感などどこにもない。男の聖域だ。

うらやましさを覚えた次の瞬間、小さな窓から表通りの明滅するネオンサインの光と、音程の外れた男のがなり声が入ってきて、いくら室内を整えたところで、ここはそういう場所なのだ、と実感する。

浅羽は手早く本棚に立てかけてあった折りたたみ式のテーブルを広げ、コンビニの袋を開ける。パイプ椅子一脚の他にパソコンチェアを持ってきて、さらに書架上段の本を取るための脚立も動員し、浅羽は椅子を客に譲り、自分は脚立に腰掛けた。

隣かそれとも階上の店のものか、カラオケの低音が、壁と天井を震わせる。

それでも奇妙に居心地の良い空間だった。紙コップに作った水割り焼酎がうまい。

缶詰の焼き鳥やジャンクフードの味も申し分ない。

酔いが回ってくると、荻上は紙コップを手に自然に長椅子に移動し、クッションに体を預ける。

店でもなければ、仲間内の自宅でもない。ここには煩わしさも気兼ねもない。

禮子さんのような女房を持っていても、こんな風に自分の居場所を確保できるならまあいいじゃないか、とやはり少しうらやましかった。

森下も長椅子に移ってきて、脇にあるヴァイオリンケースにもたれかかるようにどかりと座面に腰を下ろす。その瞬間、浅羽がとんできて神経質な様子でケースを机上に移した。

「おー　悪い、悪い」と森下が頭をかく。

「それ、家じゃ弾けないわけ？」

荻上がケースを指さすと、「まあね」と浅羽は苦笑した。

「防音室になってるのは一部屋だけなもので、居間で弾くとなると時間帯が限られる」

「防音室では弾けないの？」

「禮子さんがピアノの練習をするから」

男二人は無言で顔を見合わせた。

確かに向こうはプロ、こちらはアマチュアだが、だからと言って家族じゃないか、という言葉は腹の内に留める。

救急車とパトカーのサイレンの音がけたたましく聞こえてきた。

「昼間はどこの店も閉店してるから静かなもんだよ」と浅羽は二人と向き合う形でパソコンチェアに座り、背もたれに身をもたせかけ、水割りを飲み干す。

「しかしこんなところに仕事部屋を借りて、禮子さんは何も言わなかった？」

荻上は窓の外で点滅している風俗店の灯りに目をやる。

「別に」と素っ気なく浅羽は答えた。

「一応、契約とか引っ越しのときは来たんだろう」と森下が尋ねる。

「いや。うちの禮子さんはこういう町は苦手だから」

「それじゃ一度もここには来てないわけ？」

「特に用もないし」と気のない様子で浅羽が答える。

家探し、たとえそれが夫の仕事場だとしても、いや、そうした場所であればこそ、妻というものは当の本人以上に、その土地柄や費用についてシビアに検討し、様子を見にやってくるものだと荻上は思い込んでいた。

冷め切った夫婦関係で、夫がとにかく出て行ってくれればそれでよしとされたのか、あるいは妻を遠ざけたいがために、浅羽がわざわざ妻が寄りつかないような場所を選んだのか。

その夜はしたたかに酔っ払って浅羽の仕事場を出た。

仕事場から駅までは意外なほど近く、確かに環境に問題はあってもこの利便性には代えられないか、と森下と二人、うなずきあった。

二日後、ワクチン確保が思うように進まず、治療薬の認可も一向になされぬ中、東京オリンピックを控え、一億火の玉となって精神力で乗り切れ、とばかりに三度目の緊急事態宣言が発令された。

もはや営業時間中でも、店ではビールの一杯も提供されない。

しかし荻上たちには、誰にも邪魔されない宴会場が用意されていた。

「そろそろどう？」と浅羽から誘いがかかると、荻上はＪＲ線、森下は小田急線に嬉々として乗りこみ、コンビニの袋を提げて町田に向かう。

緊急事態宣言下とはいえ、もはや誰も生活など変えない。荻上や森下の成人した子供たちはときおり実家に戻ってくるし、妻たちはパートに、買い物に、スポーツジムに、友達とランチに、娘とドライブに、と忙しい。いちいち夫たちの行動を監視し注意喚起などしない。

いつも安焼酎に発泡酒、コンビニの揚げ物と缶詰の焼き鳥ではつまらないからと、ときには高級な酒を自宅に取り寄せ、ぶら提げていく。ウーバーイーツを頼む趣味などはなからないが、娘と遊びにいく女房が作り置きしていったおかずをタッパーで持ち込めば、けっこう豪勢な宴会になる。

浅羽曰く「インルームダイニング」の飲み会だった。それがゴールデンウィーク中から六月半ばにかけて週一のペースで行われた。

だが最後に集まったとき、浅羽の仕事部屋の長椅子には、真新しい化繊綿の掛け布団と枕が置かれていた。それですべてを悟った男二人は、目配せをしただけで、一切詮索することもなく、荻上の持ち込んだ山梨ワインに舌鼓を打った。

「音楽の結んだ縁だか何だか知らないが、ホレたハレたで互いの家庭を壊して一緒になってみたところで、三十何年もすればあんなものだったんだな」

荻上はドリンクバーから持ってきた食後のアイスコーヒーにシロップを入れてかき混ぜながらため息をつく。

「うちなんかは娘がしょっちゅう孫を連れてくるからいいが、もしこの年になってカミさんと二人きりだったりしたら、やっぱり煮詰まって別居もあり、かもな」と言いながら、森下が自分の禿げ頭をつるりと撫でる。

「で、肝心な話」

荻上は飲みかけのグラスを置いた。

「浅羽はいったいどこにいるんだろう」

透明なアクリル板の向こうで、森下が眉間に皺を寄せる。

「入院中ってことは間違いないんだろ」

「警察はそう言ってた」

荻上はスマートフォンを取り出し、もう幾度もタッチしたが一向に相手が出ない浅羽の番号に再び電話をかける。

近くに居ないとか、電源が入っていないとかいうメッセージが流れてくる。

「やっぱりだめか」とスマホをしまい、テーブル上の伝票を手にして立ち上がりかけたとき、不意に着信音が鳴った。

座り直して画面を見る。ショートメールが入ってきた。

「何度も電話もらってすみません。ちょっと呼吸が辛くてしゃべりづらいもので。週明けから体調を崩し聖ヨハネ百合ヶ丘病院に入院しています」

息を呑み、画面をそのまま森下に見せた。

「いよいよなのか……」

森下が押し殺した声でつぶやいた。

聖ヨハネ百合ヶ丘病院といえば、病院というより緩和ケアで知られている独立型ホスピスだ。

「いよいよでなくても、近いようだ」

沈鬱な顔で荻上はうなずく。

＊＊＊

新百合ヶ丘の自宅マンションから閉め出されたのは、つい数日前のことだった。

インターフォン越しに禮子の声が流れてきた。

「それをドアのノブにかけて、さっさと町田に帰りなさい」

町田、とは浅羽が仕事場にしているワンルームのことだ。

彼は片手に提げた食品の袋を見下ろす。

「どうしてもだめ？」

「だめ」

咳き込む音と同時に通話を切られた。

最初は怖かった。

三十数年前のあの日、日曜日の午後、むっちゃんの怒鳴り声を背に、ヴァイオリンを抱えて家を出て、初めてあの新百合ヶ丘のマンションを訪れた日のことだ。

クラシック音楽と言っても、シンフォニーやオペラしか聴かない人々は彼女の名前も知らない。しかし室内楽を聴く人々、たしなむ人々にとって、日野禮子の存在は偉大だ。

十代前半からドイツに渡り、ヨーロッパ音楽のセンスと室内楽におけるピアノ演奏を完全に自分のものにした数少ない邦人ピアニストだ。

その彼女が自分のヴァイオリンと合わせてくれる。

出身大学の学生オーケストラでファーストヴァイオリンのトップとしてソロパートを弾いたときでさえ、あれほど緊張したりはしなかった。

ピアノ室に通され、グランドピアノの脇でまずは手始めにと、ゆったりしたテンポでブラームスのワルツを弾き始めたのだが、弓を動かそうにも右肩が凍りついたように固まり、楽器はぎしぎしと耳障りな音を立てるばかりだった。今にも、ピアノがぴたりと止まり、「少しは練習なさってから来てくださいね」と冷たく言われるのではないかと、ますます緊張し、完璧に暗譜したはずの譜面が記憶から飛び、お守り代わりに譜面台に載せておいた楽譜に目をやってもどこを弾いているのかわからなくなった。

とにかく音を拾って、ただ左指を指板に置き、弓を上下させる。たった三分少々の曲がとてつもなく長かった。

弓を下ろしたとき、暑くもないのに全身から汗が噴き出していた。熱演の汗ではなく、じっとり冷たい汗だった。

「はい、お疲れさま」

鍵盤から手を離した禮子は、ゆったりと微笑んでいた。そして浅羽の演奏については何も触れず、夢見るような口調で語り始めた。

「若い頃住んでいたハンブルクの町には、ブラームスの生家があってね、近くに博物館があるんだけど、ブラームスの弾いたピアノが展示されているの。今のような大きなグランドピアノではなくて、ピアノ・エ・フォルテ。小さな箱みたいなかわいいピアノ。いったいどんな音が出て、ブラームスはどんな風に弾いたのかしら、と想像するだけでどきどきしたものよ」

左手を膝に置いたまま、禮子は右手で軽やかにワルツのヴァイオリンパートを奏でていた。

「学校の音楽室に飾ってあるブラームスは、厳格そうな太ったおじさんだけど、博物館には若い頃の肖像画があってね、それはそれはハンサムな金髪の青年だったの」

金髪の美青年のブラームスなど想像できないが、一生を独身で過ごしたブラームスが、生涯、敬愛し続けたのは恩師であるシューマンの妻、ピアニストのクララだった、と浅羽は思い出す。

二十歳の頃から晩年に至るまで、シューマンが亡くなった後も、音楽を通してクララとブラームスの交流は続いた。病気を抱え体力的にもおぼつかなくなったクララが、大曲の伴奏を執拗に依頼するブラームスに音を上げた、という逸話もある。

あの日、偉大で怖いピアニストの日野禮子は、浅羽の中でゆっくりとクララの姿に置き換わっていった。自分をブラームスに置き換えるのは畏れ多いが、音楽を通し、敬愛する一人の女性に一生関わっていけるとしたら……。

公務員として、家庭人として、安定した平凡な人生を選んだ男にとっては、夢のような出来事だった。

ひどい演奏だったが、とりあえず厳しい言葉を浴びせかけられることもなく、もう一度ワルツを弾いてみると、リラックスしてそれなりに弾けた。

小品であるワルツは指慣らしで、次にこの日のメインであるブラームスのヴァイオリンソナタ、「雨の歌」を弾いた。

この日のために練習を重ねてきた曲だ。短い前奏の後の第一テーマを感傷的に歌う。自分の音色に半ば酔いながらワンフレーズを弾ききったところで、ピアノが止まった。

「はい、リズムがどこかに行っちゃいましたよ、浅羽さん。まずこれを聴いてください」

冷静だがすこぶる厳しい口調で言いながら、日野禮子は小節の頭を強調しながら、「一と、二と」と声に出して数えて弾いてみせる。

子供のレッスンと同じだ。慌てて我に返って頭から弾き直す。

プロの演奏家に禮子がどう接して、どのようにアンサンブルを作っているのか、浅羽にはわからない。だが、素人である浅羽に対して禮子はたくみにリラックスさせる一方、的確なアドヴァイスで奏法と解釈の基礎的な間違いを正し、音楽的な完成度を上げていく。

禮子のピアノに合わせていると、今まで見えなかったものが見えてくる。半音だけ変えて繰り返されるフレーズがもたらす気分の変化、微妙なニュアンス。

ピアノ伴奏、と一般的には言われるが、ソナタのピアノは「伴奏」ではなく、二つの楽器のアンサンブルであり、共奏と言った方がいい。しかもブラームスのソナタはヴァイオリンよりピアノの方が格段にむずかしい。知り合いのピアノの先生に気楽に伴奏を頼めるような曲ではない。

充実した夢のような一時間が過ぎ、多忙な禮子に追い立てられるようにして浅羽は新百合ヶ丘のマンションを後にした。

雑談をする余裕も、演奏後のティータイムもなかった。

ただ、アマチュアに対しても真摯に接し、共に音楽を造り上げて行こうとする禮子の情熱が見えただけだった。高揚した気分と、この日に突きつけられたいくつもの課題を抱えて家に戻ると、日常が待っていた。

妻と幼い子供のいる家庭を浅羽は彼なりに大切にしてきた。幼い頃から「神童」と呼ばれた秀才にはありがちなことで、浅羽も勉学と芸術全般に示す高い能力に比べ、手先は不器用で、日常的な身の回りの管理については極端に手際の悪い男だった。

それでも見よう見まねで何とかこなそうと努力し、失敗を繰り返して嫌になっても投げ出さない律儀さはある。だから妻のむっちゃんも文句を言いながらも辛抱強く見守ってくれた。

だが新百合ヶ丘のマンションで短い夢を見たその日から、浅羽の日常は暴風雨に見舞われ始めた。いくら説明したところで、世間の常識からすれば、女性一人暮らしのマンションに男が行って二人で楽器を奏でるなど、ロマンス以外の何物でもない。男にそんな誘いをかけるということは、すなわち「あなたと男女の関係になりたい」という意味しかない。そんな男女が密室で何かしていて、何かが起きないわけがない……。

ボタンの掛け違え、などという生やさしいものではない。夫婦間の常識と感覚が、百八十度異なっていた。

そんな中で浅羽は夢を見て、夢は禮子に指摘されて音楽的課題という具体性を帯び、妻になじられればなじられるほど、自分が選んだ伴侶の発想の貧困さと通俗さ加減に失望ばかりがつのった。

かといって浅羽には大切な家庭と日常を壊す気などない。役所で立派な仕事をしていて何をさせても上手な妻に対する尊敬の気持ちは変わらない。それでもことあるごとに子供の前でなじられ、楽器を手にするたびに罵声を浴びせられる生活に疲れてきた頃、妻から離婚届を突きつけられた。

当然のことながら、妻が想像するような生臭いものは日野禮子との間にはなかった。相手は性の対象として見ることをはばかられる実力者で、浅羽は尊敬の念以上のものは抱いていなかったのだから。

状況を客観的に説明したうえで自分の推測を語る的確な言葉を持ってはいても、浅羽は自分の感情を身近な者に伝えることは不得手だった。そのうえ、飲み込みが早いと同時に、諦めも早く、思い通りにならないときに全力で抵抗することにも慣れていなかった。だから「あたしが子供を連れて出て行く？　それともあんたが出て行く？　どっち？」とむっちゃんに詰め寄られたとき、「僕が出て行きます」と丁寧語で答えて、あっさり家を出てしまったのだ。ヴァイオリンと身の回りのものと楽譜だけを手にして。

千冊近い本は、即日、都内にある実家に送りつけられてきたが、その実家も長兄が跡を継いで一家を構えており、妻に追い出された弟など事情が事情だけに受け入れてはもらえない。

商人宿のような安いビジネスホテルに泊まってアパートを探しているうちに、禮子に指定された練習日が来た。それどころではない状況にあっても決して予定を変えないのは、浅羽の律儀さであり、融通の利かなさでもあった。

そして「ビジネスホテルや普通のアパートでは、苦情が来て楽器の練習なんかできないでしょ」と禮子に言われるままに、新百合ヶ丘のマンションの普段使われることのない和室をあてがわれることになった。

離婚届は突きつけられたがまだ判は押していなかったし、むっちゃんの方も、実のところは、浮ついた亭主にお灸を据えてやるくらいの気持ちだったのだろうが、人間のそんな思惑を見抜く能力などもとより浅羽にはない。

言われるままに家を出た浅羽が禮子の家に転がり込んだことで、夫婦の破綻は決定的なものになった。

慰謝料を請求しなかったのは、むっちゃんの意地だったのだろう。息子の養育費に関しては、浅羽はきっちり払う約束をしその後、十数年、誠実に履行した。財産分与もむっちゃんが提示してきた通りに行った。

普通の人間ならそうとうに消耗するはずの状況でも、浅羽はすべての手続きを淡々と進めていった。その間、役所には普通に出勤し、仕事が終わると新百合ヶ丘の日野禮子宅に帰り、家賃と生活費はいらないと言われても払った。

もともと娯楽と言えば音楽以外は何もない男のことで、手元に残る金がほとんどなくても格別、不満も不自由さも感じない。同僚から飲みに誘われて「お金がないから」と飄々《ひょうひょう》として断れる図太さも兼ね備えている。

不器用ながらも掃除、洗濯、食器洗いを受け持ったのは、むっちゃんと暮らしていた頃と同様だった。だがすべてに至らない浅羽の家事について、禮子はむっちゃんのように彼が洗った食器を洗い直したり、掃除機をかけ直したり、「ここがだめ、あそこもだめ、やってるふりだけなら何もしないで」と怒鳴ることもなく、隅に残された埃《ほこり》にちらりと目を留めただけでそのまま受け入れてくれるところが楽だった。

ただし料理についてだけは、禮子にはこだわりがあり浅羽には触れさせない。全粒粉のパン、三分づきの米、自然派くらぶ生協が宅配してくれる食材。しかも自分のものと一緒に浅羽の弁当まで作ってくれるから、籍を入れたわけでもないのに、浅羽の「再婚」は職場でもすぐに知れ渡った。茶色っぽいパンのすこぶるシンプルなサンドウィッチや、黄色っぽい三分づき米の詰められたおよそ飾り気のない弁当は、いかにも「外食は健康に悪い」という主張が込められた外見で人目を引く。

「新婚弁当」「愛妻弁当」と冷やかされるのも悪い気はしなかった。

それでも正月やホームパーティーのときに腕を振るう禮子の料理は、見た目も味も完璧で、誇らしい気分にさせられる。

いつの間にか禮子の方も正式に離婚しており、気がつけば彼が夢見たクララ・シューマンとブラームスの純粋に音楽的なプラトニッククラブは、普通の夫婦関係に落ち着いていた。

禮子は来日した楽器奏者に伴い、演奏旅行のために家を空けることも多く、ソリストが男のときなど、傍から見れば恋人以上に親密に見えることもあったが、そのあたりの妻の仕事に対する完璧な理解は他の男には真似のできないことだっただろう。

慣れてくると、禮子が音楽的にはすこぶる厳格で気難しい女性であることがわかった。相手が、学生や浅羽のような素人であっても手加減せず、その能力の上限を超えた要求をして、際限なくハードルを上げてくるようなところもある。その一方で禮子が極めて寛容な妻であることに救われた。

子供との面会権を手放し、世間的な信用を失い、実家からも絶縁を言い渡され、それでも浅羽はそう悲観することもなく、淡々と禮子と信頼関係を築き、役所の仕事を続け、ヴァイオリンを弾き続けた。

浅羽が役所で定年を迎え嘱託勤務に変わった頃から、禮子の健康面へのこだわりは食べ物以外にも広がり、西洋薬や西洋医学を遠ざけ、サプリメントや東洋医学、気功などに凝り出したが、浅羽は特に批判することもなく、禮子の勧める白樺茸のエキスだの、卵殻膜サプリだの、武術を応用した健康体操だのをあっさりと受け入れた。

二度目の結婚生活の三十年あまりを、浅羽が格別大きな病気もなく、もちろん生活習慣病などには縁なく、若い頃とほとんど変わらぬ体形のまま過ごしたことに、禮子の努力と心遣いがどの程度貢献したのかはわからない。しかし浅羽はそれを素直に、禮子の愛情と信じた。

古希を過ぎて、初めて大きな病気を患った。桜の季節に、咳が止まらなくなり、風邪かなと思っているうちに血痰が出た。普段は病院も医者も信用しない、自分の体は自分で管理し自分で治す、と豪語している禮子が、慌てて浅羽を車に乗せて近くの大学病院に連れて行った。

その日のうちに、医師からかなり進行したがんであることを告げられた。

自分と夫の健康に最大限の注意を払ってきた禮子の落胆は烈しく、いつも落ち着いて悟ったような表情をしている妻が、怒りにも似た嘆きの言葉を吐き出しながら号泣しているのを浅羽は初めて見た。

一方、浅羽の方は自分でも不思議なほど落ち着いていた。医師に「一緒に頑張りましょう」と言われれば、素直に頑張る気になり、それでもだめなら仕方ない、十分に生きたという、どこか恬淡《てんたん》とした気持ちもあった。

手術前にがんを縮小するために処方された抗がん剤に苦しんでいたときも、半泣きで看病する妻にむしろ同情する気持ちの余裕があった。

数ヵ月後に手術を行い、他の臓器への転移を抱えながらも浅羽は退院し、元通りの生活に戻った。

そんな中、長年の憧れであった書斎、「男の城」を浅羽は七十を過ぎて初めて持った。

細々と実績を積み重ねてきた音楽書の翻訳の仕事に、順調に注文が入るようになり、寿命がいつ尽きるかわからないと思えば、依頼された大著の翻訳を生きているうちに完成させたかった。同時に妻に気兼ねなく、好きなときにヴァイオリンを弾きたいという気持ちもあった。

町田駅から歩いて数分の、街金や風俗店が軒を連ねる一角に建つ雑居ビルは、すこぶる男の城にふさわしい。

妻には詳しい立地など話さなかったし、そこがハンブルクと東京の高級住宅地と音大に近い上品な町しか知らない妻の想像の範囲外であることを思えば、あえて知らせて心配させる必要もないと判断した。

その一方で、六十を過ぎて再開した役所時代の同期の男たちとの交流の中で、そうした場所の猥雑《わいざつ》な華やぎにひたる心地よさ、安酒とともに繰り出されるばかばかしい話の楽しさ、体に悪い食べ物のくどい甘みや油っぽさのもたらす満足感を改めて知った。

しかも風俗店の明滅するネオンの灯りがカーテン越しに部屋を照らし、コンクリートの壁越しにカラオケスナックの歌声が聞こえて来るその場所は、こちらが深夜に男同士のばか騒ぎをしても、ヴァイオリンの練習で高音の音階を延々と繰り返しても、いつ果てるとも知れない長いセンプレフォルテをヒステリックに響かせても、誰も文句を言わない聖域でもあった。

昨年、新型コロナの流行が始まり、いったん抑え込まれたように見えたが、いっこう収束に向かう気配もなく、今年に入って三波、四波に見舞われ、そのたびに出される自粛の呼びかけに誰もがうんざりしかけた頃、浅羽の城は、男三人の宴会場になった。

いつも安酒と缶詰の焼き鳥では面白くないと、ときにはスーパーで買ってきた生ハムやスモークドサーモンをつまみに、仲間のぶら下げてきた国産銘醸ワインに舌鼓を打つこともある。

若い頃には退屈極まりなかったそうした集まりが、このうえない楽しみに変わったのは、禮子との安定した生活と、音楽と翻訳仕事といった生きがいを手にした一方で、そうした人生もほどなく終わるという、明るい諦念を抱いていたからだ。

抗がん剤で髪が束になって抜け、ところどころ地肌が見える頭を気にしていると、「まだハゲしろがあるだけマシだろうが。俺なんか最初っからそんな余地ないんだから」と三十代で薄くなった頭を二十年前からそり上げている森下が、自分の頭を叩きながら豪快に笑う。

すべてを笑い話にできる同年代の仲間がいることがうれしかった。

他の臓器に転移しているがんがいきなり暴れ出して、こんな日常生活を一瞬で破壊するときが来る。そのときにはすでに予約してあるホスピスで自分の一生を振り返ることになるだろう。ベッドの中でかつての妻のむっちゃんや、あれ以来二度と会うこともなかった息子に、心の内で、済まなかったと謝り、仲間たちにはメールで「では、お先に失礼」と晴れやかに別れを告げるつもりだった。

最期のときはホスピスのデイルームで妻の演奏するピアノを聴き、その後に妻の太くてたくましい指を両手で握り、「ありがとう。君のおかげで本当に良い人生だったよ」と告げる……。


その禮子から「ここに帰って来ないで」と告げられ、新百合ヶ丘のマンションを追い出されたのは、六月も中旬に入った頃のことだ。

禮子が講師を務めている音大で、新型コロナのクラスターが発生したのだ。

留学先から帰国した学生を囲んで、学生たちが飲み会を開き、参加した学生の一人が異常を訴えたことから、感染者が次々に発見された。

大学の狭いピアノ室で実技指導を行った禮子も濃厚接触者として検査を受けた結果、陽性と判明したのだった。

無症状で持病もない自分はともかくとして、がんを抱えて免疫力が低下している夫の方は、もし感染したら間違いなく重症化する。それどころか病床が逼迫《ひっぱく》してくれれば、がんの治療で入院することさえ難しくなる。とてもではないが同じ家の中で生活などできない。

禮子はそう判断したのだ。

彼女自身は無症状なので入院はできず自宅療養を指示されたのだが、幸いなことに夫は自宅とは別に仕事場を借りている。そちらで生活してもらえば感染は防げると妻は考えたのだろう。

もし一度でも禮子が町田のその部屋に足を運んでいれば、そんな不潔な地域で暮らすなどとんでもない、と浅羽にホテル滞在を勧めたに違いない。しかし幸いというべきか彼女は何も知らない。駅の表側に建つ瀟洒《しょうしゃ》なワンルームマンションでも思い浮かべていたのだろう。

とにかく自分の隔離期間が終わるまで絶対にこの家には入らないで、と禮子は浅羽に念を押し、同時に自分が感染したことは誰にも言わないで、と口止めもしたのだった。

一時ほどヒステリックに騒がれることはなくなったが、表沙汰にならないだけで有形無形の差別はいくらでもあった。患者と感染者だけでなく、その家族、さらには治癒して戻ってきた人々までも、警戒と無理解の視線にさらされた。

また差別と言えないまでも、日野禮子は業界では中途半端に知名度があるために、面白半分の話題にされる可能性が高い。それが誇り高い禮子にとっては耐えがたいことだったのだろう。

そして事情を誰にも打ち明けないまま、浅羽は仕事場である町田の雑居ビルの一室で寝起きを始めた。町外れの衣料量販店に行って掛け布団と枕とタオルを買ってくればそれで用が足りた。ワンルームには、トイレと狭い湯船が一緒になった今時珍しいユニットバスも付いているから生活に不便はない。いずれにしても二週間の辛抱のはずだった。

禮子から発熱した、とメールをもらったのは、隔離期間に入った四日後のことだった。慌てて電話をかけると、咳はあるが特に息苦しさは感じない、協力医療機関の看護師からは毎日電話がかかってきて、体温や体調の変化について報告しているので大丈夫だ、と禮子は言う。何か必要なものは、食べ物は、と尋ねると、生協さんが配達してくれるから必要ない、と素っ気ない。

「私よりあなたの方が感染したら危ないんだから、とにかく気をつけてよ。マスク手洗いはもちろんだけど、買い物にもなるべく出ないでちょうだいね。生協さんに電話をかけてあなたの方にも届けてもらうようにしようか」

「いや、大丈夫。二週間くらいならデパ地下とコンビニでどうにでもなるから」

電話の向こうで禮子はため息をもらした。

「本当に、あなたが免疫をつけるためにちゃんとした物を食べなければいけないときに、私がこんなになっちゃって」

心がずきりと痛んだ。自分の方も病気だというのに、気楽に暮らしているこちらの心配をしてくれている……。

「僕は大丈夫だよ」

安心させるための物言いではない。本来なら新しい抗がん剤の治療が始まり、それなりに苦しい思いをする期間に入っていたが、通院や入院に伴う感染リスク、また感染した場合の重症化リスクを避けるために、その治療は延期されているのだ。

がん自体は小康状態を保っているらしく、特に辛い症状はない。

「もし熱が下がらなかったら、入院させてくれるように頼んでみるから、私は大丈夫。あなたは自分の体の心配だけしてなさい」と言い残して禮子の電話は切れた。

翌日、電話をかけたとき、禮子の声がかすれて聞き取れるか取れないかと思うほど小さくなっていた。

昨晩のうちに協力医療機関に電話をかけ入院が決まったが、調整中との理由で自宅待機するように指示があったらしい。

「すぐに入れてもらえないのか」

浅羽にしては珍しく急《せ》いた口調で尋ねた。

「ベッドの空きを探しているんでしょう」

禮子の語尾が咳で途切れた。

「急に悪化したらどうする気なんだ」

優先して入院させろ、禮子は普通の女性じゃない、世界的なピアニストで、少し前までは音大の教授を務めていた、日本の音楽界の宝なんだ、だから……。もちろんそんなことを口にするような非常識さと品性の卑しさはない。だが、心の内ではそう思っていた。ずっと。

「大丈夫。隔離される前に、看護師さんがパルスオキシメーターをくれたんだけど、まだ九十以上あるから。それに看護師さんが毎日電話くれるし、必要なとき来てくれるらしいわ」

「食事はどうしてる?」

「まあ、どうにか。あまり食べたくないけれど」

生協から届くのは食材だ。出来合のものはない。いくら体に良い食にこだわっても、台所に立てる状態でなければ何も作れない。

「僕が何か見繕って持って行く」

「いいえ、家から出ちゃだめ。人混みで買い物して電車に乗ってくるなんてとんでもない。あなた、自分が絶対感染できない体だってこと、わかってるんでしょ」

声を振り絞って叫んでいるのが、荒い息づかいからわかる。

病気の妻にこんなに心配させて、ほんの少し前に仲間とここで宴会などしていたことを心の内で詫びた。

「それより私が渡した白樺茸のエキス、ちゃんと飲んでる?」

「もちろん飲んでるよ」

荻上からは成分のはっきりしない怪しげなサプリはやめた方がいい、と忠告されたが、禮子の気持ちを考えて、渡されるままに飲んでいる。

電話を切って、マスクをかけ部屋を出た。

駅ビルの食品売り場に行き、卵豆腐にプリン、レトルトのスープやお粥、野菜ジュースなどを買い込んだ。いずれも禮子が退けてきた出来合の惣菜、加工食品だったが、こんなときはとにかく喉を通ればよし、としなければならない。そのくらいの妥協はしてもらうつもりだった。

自分が行って作ってやりたいところだが、この数十年、ほとんど台所に立っていないのだから、自分が一人で食べるならともかく、食欲の落ちた病人が口にできるものを作る自信はない。

袋を抱えて電車に乗り、五日ぶりに新百合ヶ丘のマンションのエントランスに入った。オートロックだがインターフォンを鳴らすまでのこともない。部屋の鍵で中に入れる。エレベーターで三階に行き、一応、ドアの横のインターフォンを鳴らす。

「はい」

声が聞こえるまで、けっこう間があった。

「あ、僕」と言いながら鍵を差し込み回した。

開かない。

内側からもう一つの鍵でロックされている。

「来ちゃだめって言ったでしょ」

怒っているような、しかし消え入るような声がスピーカーから流れてくる。

「開けてよ、食べ物持ってきたから。いや、有機でもビオでもないけど、少しでも何か食べて体力つけないと」

「ありがとう。いただくわ」

咳の合間にそう聞こえた。

「早く、ここ、開けて」とじれてドアを叩いた。

「だめ」

「わかった。じゃ、食べ物だけ渡すから」

「ドアのノブにかけて帰って」

「ちょっと様子くらいみないと」

「あなた、自分の病気がわかってないの？　うつったらどうなるか考えたことないの？　デルタ株ってすれ違っただけで感染するのよ」

「大丈夫だから。マスクしているし」

「それをドアのノブにかけて、さっさと町田に帰りなさい」

向こうには、こちらの姿がディスプレイに映っていたはずだが、こちらはスピーカーを通した禮子の、語気ばかり強い小さな声しか聞こえなかった。

それが妻と交わした最後の会話となった。

翌日の昼過ぎに、浅羽のスマートフォンに見知らぬ番号から電話がかかってきた。

相手は聞いたこともない医療機関の名前を名乗った。

この日の朝、看護師が禮子の自宅に電話を二回ほどかけたが出ないので、マンションを訪れた。しかしエントランスのインターフォンを押したが返事がない。

中で倒れていて動けないのか、それとも単に外出中なのか判断がつかないから、レスキュー隊を呼んで勝手に玄関のドアロックを壊して入るわけにはいかない。そこで自宅療養に際し禮子が記載した緊急連絡先である浅羽の携帯に電話してきたのだ。

「鍵を壊してすぐに入ってください」

最後まで聞く前にそう叫んでいた。とてつもなく嫌な想像が頭を駆け巡った。

「玄関扉はダブルロックになっています。ドアを壊してかまいません。すぐに中に入って病院に運んでください、私もすぐにそちらに向かいますが、私の到着を待つ必要はありません」

そう叫んで通話を終え駅に向かう。

新百合ヶ丘の駅に到着する前に電話の呼び出し音が鳴った。軽やかな電子音で奏でられるカノンだ。車内だがためらうことなく出る。

救急隊員からだった。マンションのドアを壊して内部に入ったところ、ベッドの上で禮子は意識不明の状態になっていたという。

「で、どこの病院に搬送されるんですか」

息せき切って尋ねると、答えは「今、探しています」というものだった。

「受け入れ先がなかなかないもので……」

「何とかしてください、一刻も早く」

見つかり次第連絡するという返事とともに通話は終えられた。

新百合ヶ丘に到着してもまだ連絡はなかった。マンションに向かいかけたとき、ようやく電話が入った。新百合ヶ丘から車で四十分ほどの大学病院に搬送されることになったという。

礼を言い、すぐさま駅前からタクシーを拾った。

病院に到着したとき、すでに禮子はＩＣＵに入っていて浅羽はその姿を見ることは叶わなかった。

病院側が気を遣って、待合室ではなくごく狭いカンファレンスルームに通してくれた。

窓の外の異様なまでに晴れ上がった初夏の空を見上げながら、浅羽は両手の指を組み、両膝を絶え間なく揺らしていた。

ほどなく医師が入ってきて、妻が人工呼吸器に繋がれており、意識がない状態だと告げ、浅羽の質問を封じるように忙しない様子で現場に戻っていく。

何かあれば連絡すると看護師に告げられ、その日は取りあえず鍵が壊れたままになっている新百合ヶ丘の自宅に戻ったが、内部を消毒する気力はなく管理会社に連絡し、錠前の交換だけをしてもらった。

その六時間後、未明に病院から連絡があった。禮子の容態が急変したという。祈るような気持ちでタクシーに乗り病院に駆けつけたとき、ベッドに横たわる妻の姿を浅羽は一瞬見た。

それきりだった。

すでに死亡していたが、電話口では急変、と告げられたのだった。

その先はすべてのことがひたすら速やかに進められた。

病院が提携しているという葬儀会社を紹介してもらい、電話口で先方の担当者から説明を受けたが、その内容などほとんど理解できなかった。

自分を看取ってくれるはずの妻が、自分を置いて先に行ってしまった。

かわりに自分が、その手をしっかり握って看取ってやることさえも叶わなかった。

実感がないまま呆然としているうちに、葬儀会社のスタッフがやってきた。

「今、お見送りのご準備をしていますから」と説明する看護師に頼み込んで、ＩＣＵの前の廊下まで行くと、病院のスタッフとは異なる色の防護服にゴーグル、オーバーシューズに身を包んだ葬儀会社の人々が、それまで禮子が横たわっていたベッドの近くを行き来していた。禮子の姿は見えない。

やがてグレーの分厚いシートに包まれた何かが、ストレッチャーで運び出されてくる。

それも一瞬のことで、追いすがることも納棺を見守ることも、共に霊柩車に乗ることも許されないまま、浅羽はタクシーで火葬場に移動する。

写真もなければ、白木の位牌もない。

炉前室の入り口に立ったまま、防護服に身を固めた葬儀会社のスタッフの手によって棺が炉の扉の向こうに滑り込んでいく様を浅羽はみつめていた。

遺族としての収骨もできないまま、日暮れ近くになって、禮子は桐箱に入ってようやく浅羽の手の中に戻ってきた。

カバーのかけられた骨箱は胸に抱くとまだ温かかった。冬場の使い捨てカイロそっくりの温かさであることが不思議だった。

火葬場からタクシーに乗り、新百合ヶ丘の自宅ではなく仕事場で降りたのは、そこが火葬場からのルートの途中にあったからでもあるが、病院に搬送された後、看取りどころか顔を見ることも叶わなかった禮子に、古希を過ぎて手にした自分の書斎を見せてやろうと思い立ったからでもある。そこで二人の時間を過ごすつもりだった。

骨箱を抱きしめて、ぎしぎしいいながら上昇するエレベーターを降り、室内に入る。

「禮子さん」と浅羽は腕の中の物に呼びかけた。

「僕が勝手に借りちゃった部屋だよ、こんな風紀の悪い場所は、君は初めてだろう。でもこんなことになるなら止せばよかったと今、思っているよ。少しでも長く禮子さんと一緒にいれば良かったのかなぁ……」

長椅子の前のローテーブルに骨箱を置き、ミニキッチンにあった細身のタンブラーを二つ持ってきて、赤ワインを注いだ。飲み仲間の荻上が持ってきてくれたカベルネ・ソーヴィニヨンだった。あの日、男三人で白のセミヨンを一本空けたきり、「やはり俺らは焼酎だな」と森下が言い出し、もう一本のカベルネには手をつけなかった。

ちょうど良かった……。

カベルネ・ソーヴィニヨンの力強い風味を禮子は好んでいた。

「君のこだわったオーガニックじゃないんだ、ごめん」

でも死んでしまったら健康も何もないよね、と声にならない声で続ける。

骨箱の前に置いたタンブラーに自分のタンブラーを当てて、一口含む。

重厚だが華やかな香りと味が口の中に広がる。

「そうだよ、君はこれだ。君のピアノはこれだよね」

タンブラーのワインを飲み干し、骨箱のカバーを外した。

桐箱の蓋を取ると真っ白な骨壺が現れた。

病院のカンファレンスルームで、葬儀会社のスタッフと心ここにあらずといった状態で打ち合わせして注文した、何の飾り気もない骨壺だ。

両手で持ち上げて取り出すと、陶器の白い肌はまだ温かかった。

蓋を開けると、白くかさついた、平らな骨が一番上に乗っている。頭蓋骨の額のあたりのようだ。

「禮子……さん」

つぶやきながらその骨を撫でた。

「こんななっちゃったんだね、禮子さん」

まだ温かい骨の上に、ぽたりと涙が落ちた。

妻が亡くなって以来、初めて自分が泣いているのに気づいた。

「僕が先に逝ったら、きっと道に迷うと思って、先に行ってくれたのかな」

五十九歳になった日から禮子さんはヘナで髪を染めるのをやめた。そして丸一年が経ち、ロングヘアの毛先まで色が抜けたとき、二人で還暦祝いをした。

メンデルのカベルネ・ソーヴィニヨンで乾杯して、その後、禮子さんは二日後のステージのためにあつらえた深紅のドレスを着て、浅羽のヴァイオリンの伴奏をしてくれたのだった。

ソロピアニストの舞台衣装と違って深紅のドレスの裾は広がっていないし、胸元も開いてはいなかったが、赤いちゃんちゃんこではなく、赤いドレスと赤ワインで還暦を祝うのは、いかにも禮子さんにふさわしかった。

何よりシンプルなデザインでガーネットを思わせる深みのある色合いのドレスは、波打って肩先に広がるスティールグレーの髪と骨格の際立つ少しいかつい顔立ちを引き立てて、実に格好良かった。

曲目はバッハのヴァイオリンとピアノのためのソナタ。

二日後にステージで弾く予定の曲だった。

ソロパートを受け持つ若いドイツ人ヴァイオリニストを意識して、浅羽は少し卑屈な気分になったものだった。

どうあがいたって素人、それが超一流のアンサンブルピアニストを妻にした。

遠慮気味に弾いていると、数小節で禮子はピアノを止めていつもの口調で言った。

「なーに、縮こまってるの。もっと大きな弾き方をしなさいよ。あなたにはあなたにしか表現できない音楽があるんだから」

「そう?」

「音程なんか外したってそのときはそのときよ。おじいさんみたいに背中丸めて正確に弾いて何が面白いの。バッハだから余計な情感を込めないで淡々と弾け、歌わせるな、語れ、なんて言い草、私、大嫌い。あなた、ドイツ人じゃなくて日本人なんだし、あなたのバッハを弾きなさい」

抽象的で厳格な無伴奏ヴァイオリンソナタと違い、ピアノ付きのソナタは心を揺さぶるような叙情的な旋律が各所で現れる。

ピアノで奏でられる繊細な分散和音の上に、マタイ受難曲の中でアルトで歌われるアリア「神よあわれみたまえ」に酷似した叙情的な旋律がたゆたうように流れていく。

過剰なほどのヴィブラートをかけ、すすり泣くように浅羽は弾いた。禮子さんはその揺れるリズムにぴたりとピアノを合わせてくれた。

二日後、来日したドイツ人ヴァイオリニストによる厳粛で清廉な演奏を浅羽はモニターで聴いた。テンポは速く、もちろん腕前は浅羽とは天と地ほども違う。そのヴァイオリンとともに奏でられる「日野禮子」のピアノは、最盛期のグレン・グールドを思わせる歯切れ良さと軽やかさを備えていて、浅羽の感傷的なバッハと合わせたときとはまったくの別物で、あらためてプロの恐ろしいまでの力を認識しながら、モニター画面の中の妻を見つめていた。

でも、と骨壺を膝の上に置き、片手でかさかさとした骨を撫でながら、浅羽はつぶやく。

ステージで弾いた禮子さんのピアノより、僕はあの還暦祝いのとき自宅のピアノ室で弾いてくれたバッハの方がずっと好きだ……。

そうしていると禮子のあの曲の冒頭の、リュートを思わせる澄み切った音色の分散和音が聞こえてくる。

ワインをタンブラーに注ぎ、二口飲み、机の上に置いてあるケースを開けて楽器を取り出した。

どうかお憐れみください、神よ
あまりにも有名なあのアリアとそっくりな冒頭の旋律を弾き出す。

印象的なワンフレーズの終わりの音で止まった。

ごめん、禮子さん、忘れちゃった……。暗譜していたのに、歳のせいかな、ちょっと飲み過ぎたかな。

這《は》いつくばるようにして本棚の一番下段に入れてある楽譜を取り出す。

息を呑んだ。

茶色に変色した譜面は、6Bの鉛筆やすでに色あせた赤鉛筆の書き込みで一杯だった。

黒は自分で気づいた部分、赤は禮子さんから指摘されたところだ。

あなたにはあなたにしか表現できない音楽がある、禮子さんがそう言い切るまでには、わずか四分間の曲に長い試行錯誤があった。その一つ一つに禮子さんの存在が感じられた。

机の脇に置かれた譜面台に楽譜を立てて、浅羽は弾き始める。

三十三年間の彼女との生活を辿る。

一楽章を弾き終え、遺骨に向かいグラスを掲げて飲み干す。

酔いの回った頭の片隅にピアノの音が浮かび上がる。すぐにそれははっきりした音色と質感を伴った実在する音に変わった。第二楽章の軽やかなアレグロの前奏だ。

ちょっと待って禮子さん、僕、酔っ払っちゃってるから、そんなテンポじゃ弾けないよ……。

じゃあ、このくらいで大丈夫ね。

禮子さんの弾いた冒頭の旋律をヴァイオリンで追いかける。たった二台の楽器なのに、壮大な宇宙と星々のきらめきを思わせるフーガが展開する。

ピアノとともに最後の全音符のC音を弾き終わり、浅羽は弓を下ろす。

ゆったり歌わせた一楽章と違い、広大な夜空を駆け抜けるような第二楽章が終わるとぐったりと疲れていた。まるで全楽章を弾ききったようだ。

肩で息をしながら自分のタンブラーにワインを注ぎ、遺骨の前に供えたタンブラーに軽く縁を当てて飲み干した。

ふらつきながらヴァイオリンをケースに収める。

それから白い骨壺に蓋をした。

ちょうどいい紙袋がそこに畳んで置かれていた。

何の袋か忘れたが、重い物が入っていたらしく、底に厚紙が入っていてしっかりしたつくりだ。

帰ろうな、禮子さん。

袋の中身に声をかけた。

片手に骨壺の入った紙袋、片手にヴァイオリンケース。サイフその他を収めた布バッグにまだ中身が残っているワインボトルを突っ込み、肩にかけて部屋を出る。

足下がふらついて靴を履くのに苦労した。

町田の駅から各駅停車の新宿行きに乗った。行き先や停車駅がややこしい小田急線だが、各駅停車なら間違いがない。

座席に座り、骨の入った紙袋を脇に置く。飲みかけのワインの入った帆布バッグの持ち手に腕を通し、ヴァイオリンケースを膝に立てて抱く。

電車のドアが閉まった瞬間に頭がぐらつき、気を失ったように眠った。

「ちょっと、起きなさいよ、新百合よ」

禮子さんの声に目覚めた。

しまった。寝ちゃった、ちょっと酔っ払いすぎたかな。

「ほら、早くいらっしゃい」

禮子さん、待ってよ。

慌てて追いかけた。


どうやって自宅に戻ったのかよく覚えていないから、たぶん禮子さんに手を引かれたのだろう。部屋に入ってズボンを脱いだだけでベッドに倒れ込んだ。

翌朝、目覚め、禮子さん、と声をかけようとして、突然、何かに思い当たり、悲しみが襲ってきた。

禮子さんはもういないのだった。

昨夜はもしかして一人で帰ってきたのか?

慌てて玄関に出る。帆布バッグが放り出してある。ヴァイオリンケースが居間のソファに鎮座している。

禮子さんだけがいない。

しまった、と声を上げた。

遺骨に献杯して、幻のピアノと合奏した。

記憶はそこで途絶えている。

町田の部屋に禮子さんを置いて、一人で帰ってきたに違いない。

慌てて自宅を出る。鍵をかけエレベーターで一階に降り、エントランスの階段を降りようとして足がもつれた。
二、三段落ちた。頭は打たなかったが、足をひねった。
痛いと思ったとたんに息苦しさを覚えた。階段の下で動けないまま、咳をした。

マスクがしめった。喀血《かっけつ》していた。

マンションの管理人が飛んでくる。

助け起こされ玄関ロビーに運ばれて、ほどなく救急車のサイレンが聞こえた。

「いや、病院じゃなくて、ちょっと町田の仕事場に行かないと」

咳き込み、喀血しながらそう訴えたが、救急隊員はタオルで血を拭きながら穏やかな声で答えた。

「仕事はいつでもできますからね。まず病院に行きましょう」

コロナの感染を警戒するいくつもの病院から断られたらしい。ずいぶん経ってからようやく救急車が動き出した。

受け入れ先の救急病院に二日ほど入院した後、浅羽は民間救急車に乗せられて以前から予約してあったホスピスに移った。

その間、警察からの電話で、妻を小田急線の車内に忘れてきてしまったことを知らされた。

酔っていたとはいえ……。

遺骨はまだ警察で預かっている、と警察官は言った。

でも禮子さんは骨になんかなっていない。

モルヒネでもうろうとした意識の中で、浅羽は聴いている。

階下のデイルームから聞こえてくる禮子さんのピアノの音を。

ついさきほども部屋に入ってきて、あなた忘れものよ、と言いながら自分の遺骨のかわりに彼のヴァイオリンを枕元に置いていったのだから。

多肉

花もない、実もない。輝くような緑の艶もない。

放射状に広がる水気をたっぷり含んだ肉厚の葉の先端に鋭い棘《とげ》がある。ただそれだけの直径七、八センチ、高さもその程度の貧弱な植物だった。

アガベ、という名は知らなかった。様々な園芸品種があって、マニアの間では人気らしい。リュウゼツランの仲間だというが、裕也《ゆうや》が妻や幼い長男を連れて訪れた伊豆のレジャー施設の斜面を覆っていた、猛々しいほどの精気に溢《あふ》れた、見るからに硬そうな分厚い葉をした巨大な植物とは別種に見えた。

アガベの中のどんな園芸品種であるかは定かでない。

山中湖畔で観光客向けのレストランとワインバーを経営していた父が、二年間の闘病の末に亡くなり、コロナ禍で盛大な葬儀も営めないまま、父の残した住所録を頼りに知り合いと思《おぼ》しき人々に年賀欠礼の葉書を送った昨年暮、一人の客が大月の自宅を訪ねてきた。父と同年配と見える蠟《ろう》のように青白く貧相な老人だった。

高齢になって認知症の兆候は現れてきたが、相変わらず家を仕切っている母が、乞われるままに老人を仏間に通し線香を上げさせた。

聞けば老人は西荻窪で居酒屋を営んでおり、父はそこの常連客だったらしい。数年前、店の経営が立ちゆかなくなった折に、老人は父から借金をしたのだが、金を返せないまま、緊急事態宣言下の営業自粛で廃業に追い込まれたということだった。

「身一つで寒空に放り出されたようなもので、結局、借金はお返しできませんで」と頭を下げ、老人は携えてきた小さなボール箱からごそごそと何かを取り出した。

ビールの空き缶だった。上の部分を切り取ってあり、半分ほどの高さまで土が入れられ、その土の上に放射状に葉を広げた小さく弱々しい多肉植物が一株、植えられていた。

「サボテンみたいなものですが、大事に育ててやればお金に変わりますんで」という言葉を残して老人は去って行った。

金額は定かでないものの、自分に内緒で亡き夫が飲み屋の亭主などに金を貸したことを知って、根っからの山梨県人で金銭にルーズなことを嫌う母は、憮然《ぶぜん》としてそのビールの空き缶を顎で差して言った。

「捨てなさい。大事に育てればお金に変わるなんて、人をばかにした言いぐさにも腹が立つ」

だが、万事におっとりした妻は「お義父《とう》様にも何か思うところがあったのでしょう。コロナで困っているのは私たちも一緒ですし」と、戸棚の一つから陶器の器を取り出すと、それを空き缶から植え替えた。

黄やピンクに彩色されたイタリア製の小さな器に移された星形の植物は、そうしてみると何とも端正でしゃれていた。

少なくとも裕也の目には母が九谷焼の壺《つぼ》に生けた梅や、妻が手入れしているクリスマスローズやアネモネの鉢植えより、フローリングに革張りソファを置いたその部屋にはしっくりと馴染《なじ》んで見えた。

アガベというその多肉植物の名前を教えてくれたのは、庭の一角に花壇を作り、季節に合った花々や草木を植えて楽しんでいる園芸好きの妻だった。

年が変わり、春の気配が濃くなりつつある頃、少し前に降った雪が斑《まだら》に溶けた妻の花壇では福寿草が輝くような金色の花を開き、屋内の棚の上ではあの弱々しく小さな植物が、完璧な対称形を保ったまま一回り大きくなっていた。

やがて花壇を彩る花々が福寿草の金から、色とりどりのパンジーやアネモネに変わった頃、アガベの葉の色は濃くなり中央にクリーム色がかった筋が入り、先端に生えていた産毛のような棘が銀色に伸びて、直径は十センチほどにもなった。イタリア製の器は窮屈になり、陶器の肌のごてごてした色合いもその端正な植物に似合わなくなっていた。

ネットで調べてみるとアガベは、メキシコやアメリカ南部、中南米の国々の乾燥地に自生する多肉植物とのことで、それなら水はけが欠かせないだろうと、今度は裕也自身が素焼き鉢に移し替えた。

飾り気のない鉢の中央に植えられたアガベは、中央部から伸びる葉の長さも高さも完璧に揃っており、黄金律ともいえる幾何学的な美しさに陶然とさせられる。

「あら、嫌だ、あなたバンドエイド」

妻に言われて見ると、右の中指の先から血が滴っていた。あの産毛のような先端の針が、成長するに従い、縫い針のように硬く鋭いものに変わっていたのだ。

自分を傷つけたその針さえ、裕也には緑の星の鋭い光芒《こうぼう》のように映る。

「花も実もないそんなつまらないものを後生大事に」と母は、眉をひそめる。

わかる者にしかわからない、それがこの植物の魅力だった。

完璧なフォルム、葉の緑の微妙なグラデーション。泥色のいびつな茶碗に、絶妙で奥深い美を見いだして愛《め》でる粋人の境地にも似ている。

レストランで使っていた肉切り包丁を握りしめ、裕也は直径十五センチほどに育ったアガベの幹の根元部分に刃を当てて力を込める。

この日、レストランのパート従業員のうち、子育て中で頻繁に遅刻、早退を繰り返すシングルマザー、高学歴だが病的に注意力散漫な二十代の男、権利ばかり主張して雇い主とのトラブルが絶えない、と社会保険労務士事務所でも札付きの独身女など、三人を解雇した。

もともと市内にあった家族経営の食堂を、父の代で会社組織にし、山中湖畔に高級レストランを出してそれなりに流行っていたのだが、新型コロナの流行で客足が途絶え、持続化給付金もいつ支払われるかわからず、様々な制限が課される中で、店を開けるほどに赤字が膨らむ状態になっていた。

テイクアウトメニューを売り出しても、もともと質素倹約を旨としている地元住民が買いにくるはずもなく、感染者数が高止まりし、生活上の制限の厳しい東京方面から疎開してきた別荘族と会員制ホテルの客がランチ用に求めるくらいだ。何より収益率の大きいワインを出せないのだから苦しい。

この際、働きの悪いスタッフを切って固定費を削り、多少のことには文句を言わず真面目に働いてくれる従業員だけを残し、身軽になってコロナの収束まで耐え忍ぶしかない、と結論を出したのは母だった。

裕也の店だけではない、近隣の食料品店も卸の酒屋も、どこも同じような状態だ。そして相手の恨めしげな視線を浴びながら、一人一人事務所に呼んで解雇を告げたのは裕也だった。

肉切り包丁をごしごしとこするように押し引きすると、アガベの硬い幹部分に刃が食い込んでいく。押さえている左腕に、葉の先端の棘が刺さる。

悪態をつきながら力を込め、ついにアガベの地上部分を切り倒した。

うっ、と無意識に身を引いていた。

緑の葉と緑の幹、他の色などどこにも無いはずなのに、切り口からにじみ出てくる粘液のようなものがうっすらと赤い。それとも単に鉄さび色の液体が周囲の緑の中で赤く見えるだけなのか。

「あなた、何してるのよ」

背後で妻が悲鳴を上げて、肉切り包丁を取り上げる。

「胴切りだよ」と裕也はその多肉植物の切り口に殺菌剤を塗り、切り離した上の部分を用意しておいた別の鉢に植える。ほどなく根が伸びてくるはずだ。そして根元の方には子株がいくつもできるだろう。

「何もお店の包丁を使わなくたって……」

妻が呆《あき》れたように言う。

「いずれ調理器具から皿まで、売りに出さなきゃならなくなるかもしれないんだ」

「縁起でもないこと言わないで。従業員さんにも泣く泣く辞めてもらったのよ。残ったスタッフと力を合わせて何とか頑張らないと」

君はお気楽でいいよ、と裕也は恨めし気に妻の顔を見る。親類の紹介で嫁に来た妻は、財閥系企業の役員の娘だ。おっとり気立ては良いが、商売屋《しょうばいや》の苦労は知らない。

これ以上傷口が広がる前に、山中湖からは撤退すべきなのか。そうすれば少なくとも家賃負担は減る。

幸いなことに、父がかつて食堂を営んでいた大月駅前の土地に相続税対策で建てた小規模貸しビルがあってそこそこの収入はある。しかし先日、一階にあったカフェが家賃を滞納したまま、夜逃げした。

時節柄、その空き店舗にＷｉ－Ｆｉとパーティションを入れてサテライトオフィスとして貸し出すことも考えたが、諸々のリスクを考えると踏み出せず、新しい店子《たなこ》を待っている状態だ。

それからしばらくした頃、感染拡大がいったん落ち着いた。

少人数のスタッフで回していた山中湖の店に客が戻りかけ一息つけるかと思ったのだが、今度は県から営業時間の制限をかけられた。協力金など焼け石に水だったから、腹をくくり、平日は店を閉め、休日と休前日のみ営業した。

朝から自宅のパソコンの前で入出金の資料を睨《にら》み続けた後は、無人となっている山中湖の店を見回りにいって異状のないことを確認する。

見通しが立たないままに在宅時間が延びる。居間に置かれたアガベの成長だけが唯一、心を慰めた。

胴切りしたアガベの上の部分はしっかり根付いたらしく、わずか一週間足らずのうちに一回り大きく、葉も分厚くなった。先端の針も危険ながら、金属光沢が美しい。さらに残された根の部分は、切り株の縁から淡い緑の芽が萌え出たと思うと、たちまちいくつもの小さな放射状の葉になった。

そんなものか、と思っていたのだが、ネットで調べてみると、裕也の手元にあるアガベはずいぶん成長が早い。普通ならその状態になるまで一年近くかかる、とある。

「アガベといっても、たくさん種類があるから、そういうのもあるんじゃないの」と、妻の方も自分のスマートフォンで検索した画面を眺め、どうでも良さそうな口ぶりで言う。それよりは小学校が休校になっているために元気を持て余した息子が、外遊びを禁止されているのに少しでも目を離すと外に出ようとし、なだめるのに手を焼いているのだ。

それでは、と裕也は父の死後、手入れが行き届かず植木職人の手間賃もばかにならない五葉松や椿、柘植《つげ》などが植えられた自宅の庭を、子供が駆け回れる芝生に張り替えた。

事後承諾のような形になって、息子から一言も相談されなかった母は、早朝からやってきた重機を目にしたとたんに激怒した。

それでもチェーンソーがうなりを上げて太い幹を切り倒し、クレーン車がそれをトラックの荷台に移し、パワーショベルが太い根を掘り返す作業を目の当たりにすると放心したように静かになった。

しばらくの間は食卓で口もきかなかったが、もともとが丘の上の傾斜地で築山などもあった庭が芝生に変わり、孫が歓声を上げて草ぞりをしている様を目にすると、次第に機嫌を直していった。

さらに裕也はホームセンターから組み立てキットを買ってきて、自分の手でブランコや、小さなウッドデッキを作った。

穴を掘り、支柱を埋め込み、コンクリートを流し込み、木材をはめ込み……。そう器用な方ではないが、マニュアルを見ながら早朝から深夜まで作業する。

そうしていると倒産に向かって転げ落ちていくような家業のことは忘れられた。

芝生の向こうの花壇では、妻が丹精込めて育てたオダマキやヒナゲシ、カンパニュラやシャクヤクまでが咲きそろい、気怠《けだる》い晩春の大気を鮮やかに彩っている。

一通り、庭を造ってしまうと、目の前には好転する気配もない現実があった。

半日かけて金融機関を回ったその足で山中湖畔の木立の中に立ち、白亜の邸宅を模したレストランのエントランスを見上げる。

三人のスタッフを切った後も残ってもらった腕の良いコック、良く気が回りどんなトラブルにも対処できるフロア主任、ソムリエの資格こそないが、愛嬌があって適切なワインを客に勧めて売り上げに大きく貢献してくれるウェイトレス、そして人手が足りないときに、どんな無理なシフトを組んでも文句も言わず出てきて、骨身を惜しまず働く厨房係。

もし廃業することになれば彼らに解雇を告げるのかと思うと、社会保険労務士のアドバイスに従いながら冷徹に整理していった最初のスタッフのときとは、まったく異なる葛藤と懊悩がある。

まだ何とかなるかもしれない。

ひょっとすると、ある日、突然、日本中からウィルスが消えて、普通の生活が戻ってくるかもしれない。町に活気が戻り、風光明媚《めいび》な観光地には、長い自粛に飽き飽きした人々が大挙して押し寄せるかもしれない。この先何年もこんなことが続くわけがない。

淡い希望にすがりながら、帰り道にホームセンターに寄って、百枚入りの黒いポリポット鉢やサボテン用の土、軽石などを買ってくる。

感染者数の最新情報を流しているテレビの音声を聞きながら、切り株から無数に葉を広げた子株の根元を摑《つか》み左右に揺する。込み入った根の間に隙間ができて、力をこめてねじると、子株はばりばりと音を立てて外れた。小さな根のついたそれをシートの上に並べていく。計十四個の子株を外し、それぞれ土や軽石を入れた黒いポリポットに移し替える。

親株も入れて、ポリポットと素焼き鉢計十六個が居間の出窓にぎっしり並んだ。我が家を園芸農家の温室のような様に変えられて、さすがに妻も眉をひそめた。

子株が大きくなるのは、すさまじく早かった。観光客の姿もまばらなゴールデンウィークが過ぎ、季節が初夏に移り変わる頃、黒いポリポットの中で親指の先ほどの大きさだったアガベは直径十センチを超え、裕也は慌ててホームセンターに出向き、陶器鉢を買って来た。

だがそのサイズの鉢では十六個も居間の出窓には置けない。

仕方なくビニールシートを敷いて床置きしたところ、穏やかなはずの妻が切れた。

「いい加減にして。そんなもの外に出したらどうなの」と甲高い声で怒鳴られた。続いて、無意識か故意かわからないが、歳取って動きが鈍くなった母に、ボーリングのピンのようにまとめて蹴り倒される。

とうとう諦めてその十六個を外に出すことにした。

ただし雨で水びたしにするわけにはいかない。

怒鳴られた腹いせのように、その日、裕也は妻が丹精込めて咲かせているラナンキュラスやグラジオラス、アガパンサスなどを引き抜いた。色とりどりの花が無残に撤去された土の上に支柱を立て、屋根を作って、アガベの鉢を十六個並べた。

妻は悲鳴を上げて泣いた。そして格別嫁と仲が悪いというわけでもないが、身内血族意識が強く身贔屓な母は、「諦めなさいよ。こんな時期、息子だって口に出さないだけで、苦しい思いをしてるんだから、家の中くらい好きなようにさせなさい」と嫁を諭した。

花壇を潰して鉢を外に出したおかげで居間はすっきりし、半泣きの妻がため息をつきながら、アガベのなくなった出窓に、ペチュニアの寄せ植えやニチニチソウの鉢を置いた。

ほどなく感染者数が減り始め、東京都を始め各地で出されていた緊急事態宣言が解除されたが、二、三ヵ月の間に人々のライフスタイルも感覚も変わってしまったのか、すぐには人出は戻らない。

店を開けたが苦境は続き、メニューの数を減らし、それまで店の品格を下げるとして決してしなかったワインの飲み放題サービスを始めた。外食産業同様に苦境に立たされている地元のワイナリーと提携して、安価なワインを提供してもらうことで何とか持ちこたえるつもりだった。

梅雨の訪れとともに、アガベは急速に大きくなっていた。

鉢の浸水を防ごうとその場に棚を作っていた裕也は、我が目を疑った。胴切りもせず、縦割りにもしていないのに、放射状に広がった葉の根元に、いくつも子株がついている。放っておくと、せっかく左右対称の葉の幾何学的な美しさが損なわれる。

一つ一つむしり取り、残っているポリポットに移す。一つあたり十四、五個。ということは、それが成長して子を持つと……。

幾何級数的に増えていく。

わかっているのだが、むしり取った子株を捨てられない。なぜなのかわからない。ろくに根もついていない貧弱なものまでポリポットに植えるが、そんなものもしたたかに根付き、成長を始める。

夏休みシーズンの到来とともに、緊急事態宣言が再び発出されたが、すっかりコロナ慣れした首都圏からの観光客で、各方面からの非難を浴びながら富士五湖方面は賑《にぎ》わい始めた。

さらに秋の訪れとともに宣言が解除されると、これまでの自粛の不満を一気に解消しようとでもするように、山中湖の店には多くの観光客が詰めかけるようになった。ランチを楽しむ日帰り客だけでなく、夕刻から深夜にかけワインと高額なコースをゆっくり楽しむ富裕層が近隣のホテルや別荘から訪れる。

ついに復活の時が来た。

暗雲の垂れ込めた空の一画から、ようやく光が射してきた。

休前日だけでなく、平日の夜も予約が入り、店はかつての賑わいを取り戻しつつあった。数ヵ月続いた陰鬱な日々に耐えた甲斐があった。これで元通り、いやコロナの教訓を生かして業務の効率化を図り、これまで以上の売り上げ拡大をはかる。

決意を新たにしたその直後、腕のいいコックが突然、辞めた。

続いて客の評判が良く、使えるウェイトレスからあっさり退職を告げられた。有能なフロア主任がそれに続く。これから彼らに存分に活躍してもらおうと目論んでいた矢先のことだった。

理由はあまりにも当然のことだった。

新型コロナの感染拡大が一服したこの時期に客が戻ってきたのは、どこの店も同じだ。そして目端の利く経営者たちが、コロナ不況に乗じて無能な人材を整理することで固定費を削った後、機を見計らい一斉に他店から有能なスタッフの引き抜きにかかったのだ。

その一方で、父の時代から店の味に貢献してきた腕の良いコックは、東京の一流店のシェフの口を断り、独立の道を選んだ。

自宅のある富士吉田の町に小さな洋食店を開くつもりだ、と言う。年老いた両親のこと、私立校に通わせる子供のことなど事情を縷々《るる》語り、残ってくれという裕也の懇願を振り切って去っていった。

ぎっしり書き込まれた予約表を前に、裕也は途方にくれる。

退職を告げるフロア主任やウェイトレスを拝み倒して引き留め、それが聞き入れられないとわかると脅迫めいた言葉を口にしたが、無駄だった。

それでも文句を言わずよく働いてくれる高齢の厨房係だけは残ってくれた。彼女を中心に急遽《きゅうきょ》雇い入れたスタッフで何とか回すしかない。

結果は惨憺《さんたん》たるものだった。以前とあまりにも変わった料理の質とサービスに、馴染みの客は無言で離れていき、ネットの星の数を参考にやってきた一見の客は、来店の翌日には、さっそく罵詈《ばり》雑言の口コミを並べる。

客足減少に持ちこたえられずすでに閉店した周辺の店に続き、裕也ももはやこれまで、とパソコン画面に表示されている無情な数字を眺める。

そんなとき、辞めていったコックが、銀行員と連れだって突然やってきた。

店の設備を買い取りたい、と言う。土地建物を所有しているのは、一帯の別荘地を開発した不動産会社で、そこを借りた裕也の父が厨房設備を造り、家具什器を持ち込んで開店したレストランだが、撤退するにあたって、通常ならそうした付属物はすべて撤去し原状回復しなくてはならず、かなりの費用負担が生じる。

それらを撤去せずに買い取って自分の店を作る、土地建物の所有者である不動産会社とはすでに話はついている、と元コックは言う。地元の町で小さな洋食屋を、というのは、口から出任せで、最初からそのつもりだったようだ。

ばかにするな、と言って追い返すかわりに、一週間の猶予をもらって熟慮した結果、店の設備その他の一切合切を彼に売って撤退を決めたのは、元コックの提示した金額がそれなりに良心的なものであったことに加え、このところ客との間で、トラブルが絶えず、裕也自身が疲れ切ってもはやどうでもいいと思うようになっていたからでもある。

注文が通っていない、コース料理の客優先で、アラカルトを頼む客はしばしば無視される、その高いコースも、運ばれてくる間に盛り付けが崩れている。何より、まずい。

いったい何度、客のテーブルに呼びつけられて怒鳴られたことだろう。

その中の一人、まだ三十代とも見える化粧の濃い痩せた女からは、「私も商売やってますけどね、これで他人様《ひとさま》からお金をもらえると思うのが間違ってますよ。こんなことやってるならさっさと畳んだ方がいいんじゃないですか」と罵倒された。

自分が怒鳴られた日は、必ず閉店後にスタッフを並べて彼らを怒鳴った。

父と違い、自分に人望がないことくらいとうに自覚していた。そして自分が経営者の器でないことはそれ以上に。どうにもならないことだった。

元いたコックに設備を売却し、山中湖から撤退した日、妻と母には、商売が新型コロナ流行による客足減少に持ちこたえられなかった、と伝えた。妻は素朴に信じたようだが、母はわかっていたらしく、唇を引き結んだまま無言でうなずいた。

もともと経営者には向いていない二代目が傷口が広がる前に手を引いたのは正解だったのか、と考えながら整理作業を行うかたわら、逃げるようにアガベの世話に没頭する。

気がつけば大きくなった子株に再び子株がつき、陶器や素焼き鉢、ポリポットは合計三百個を超えていた。

それにしても子株が成長し、それがさらに子株を持つまで一年はかかるはずなのだが、その多肉植物は異常な速さで成長し、子株をつける。それがこの種類のアガベの特徴なのか、そもそも何という種類のアガベなのかわからないまま、裕也は世話をする。

増え続けた鉢やポリポットは、花壇を潰して作った東屋のような建物の棚という棚を占領し、一人息子の遊び場である芝生の上に溢れ出していた。

そのとき思いついた。

アガベはメキシコを始め、アメリカ南部、中南米の国々の乾燥地に自生している植物だ。それなら、ここ全体をそうした土地に作り変えてやればいい。多少湿気は多いが、夏は暑く、冬は寒い、陽射しは強いが夜は冷え込む。もともと砂漠のような寒暖差の大きい場所に自生する植物なので0度くらいまでは耐えられるというから、冬場には大きなビニールハウスを作ってやれば、庭一杯に鉢を置ける。

四日後、知り合いの土木会社の社長から借りたダンプカーとユンボが自宅前にやってきた。近くの採石場まで行って買い付けてきた砂利と砂、石は、トン単位で購入すると驚くほど安かった。それが芝生の庭にぶちまけられる。小山のような砂や砂利をユンボが崩し、緑の芝全体に広げていく。

ダンプの荷台から滑り落ちる石と砂利と砂の立てる地鳴りのような音があたりを揺るがし、次にはユンボのショベルと石のふれあう金属音が空気を切り裂く。

「やめて、やめて」と妻が金切り声を上げ、息子が泣きわめく。

母は腰が抜けたように濡れ縁にへたり込み、嫁いだ日から守ってきた築山と植木の庭が崩されて芝生に変わった後、今度は、石と砂利と砂の砂漠に変貌していく様を言葉もなく眺めている。

砂利と砂と石の庭をざっと均《なら》した後、ユンボは帰って行き、晩秋の冷たい風の中、裕也は不毛の地然とした庭に、一輪車とスコップを持ち込み、メキシコの砂漠をイメージしながら石を配置し直していく。大きすぎる石は手では動かせないので、またユンボを借りなければならないだろう。そして自然に限りなく近い環境で、アガベを育てるのだ。

店の整理もほぼ終わり、肝心の部分は税理士に任せているから、裕也は日がな一日、庭仕事に没頭できた。

自称ヤクザ上がりの重機オペレーターとの会話も弾み、一日動いた後の風呂は気持ちよく、食事もおいしかった。

寝込みそうに青い顔をして自分をみつめている母の視線も、半泣きの妻と薄気味悪そうに上目遣いに父をみつめる息子の様子にも気づかなかった。あるいは気づいていたのかもしれないがどうでもよかった。

作業を始めて四日後、母が倒れた。

救急車で病院に運ばれ、くも膜下出血との診断でそのまま入院、手術となった。

妻は入院準備と病院と自宅の往復に奔走し、庭どころではない。

思わぬ入院で、差額ベッド代、往復のタクシー代その他、医療保険ではまかなえない諸々の出費がかさみ、なまじ命を取り留めたから、今後の介護も必要となる。

大月駅前のテナントは埋まらないまま、山中湖の店の設備、家具什器一式を売った金と、父の残した資産、自分の蓄えで生きていくしかない。

いったいこの先どうするのか、という妻の問いかけに、そんなものはわからない、と無責任極まりない受け答えをしているうちに、それまで常に怒りを露わにしていた妻が急に穏やかになり、猫なで声で言った。

「ねえ、あなた、お義母《かあ》さんの入院している病院の心療内科の方、予約したから、明日、お義母さんの面会の前に、ちょっと寄ってみましょう」

それが自分のこととはとっさにわからなかったが、理解した瞬間に激怒した。手を上げることはさすがにしなかったが、そこにあった食器や父が大切にしていた九谷焼の壺などを手当たり次第、床にたたきつけて割った。

まだ十にもならない息子の右の目尻から頬にかけて、びくびくと痙攣《けいれん》が走っているのにも気づかず、無言で破片を拾い集めて細かな破片の散らばった床に掃除機をかけている妻に冷たい一瞥《いちべつ》をくれて、寝室に引き上げ、眠った。

翌朝、目覚めると家は無人になっていた。

息子を連れ、自分の銀行カードを持って妻は消えていた。

数日してから、妻の父親から電話がかかってきて、妻が離婚したいと言っている旨を告げられた。

「すみませんが、本人を出してくれませんかね」と言ってみたものの相手にされなかった。

そんな中、季節は冬に向かっていく。庭に作った「メキシコの砂漠」が0度を割る日も近い。いくら寒さに強い砂漠の植物といっても限度がある。

慌てて地元の業者に農業用ビニールハウスを注文し、組み立ても手伝ってもらい、完成させた。百万を超える出費だったが、さほど気にはならなかった。レストランを畳み、母の入院先への支払いがあっても、資産は残っている。

それがすぐには現金化できないことに、普通預金の金がほぼ底をつき、カードでの支払いに不自由し始めてから気づいた。

不動産はすぐに売れるというものではなく、二十年以上も前から価格は底のままだ。

債券と株はコロナ禍の不景気で購入価格を大きく割り込んでいる。

頼りは市内の小さなテナントビルから入る賃料だが、空き店舗が相変わらず埋まらない。そんな折、アガベのネット販売情報を見ていると、確かにここにあるものとそっくりな品種が、ごく小さな鉢で三万円を超えているのに気づいた。

新しい品種で、まだほとんど輸入されていない希少種だと説明がある。

建てたばかりのビニールハウス内の棚いっぱいに収まっている子株に目をやる。

あの老人が持ってきた一鉢から発生させた子株だが、それらはすでに直径が二十センチ近くに育っている。それがさらに子株を持って、幾何級数的に増えたものは、このとき五百個を超えていた。

育てていれば勝手に繁殖する。放っておけばキメラのような異様な形になってしまうから、ついた子株はもぎ取るしかない。捨てるのは忍びないからポットに植える。

捨てるに捨てられないまま、勝手に増えていたものが売れる。

それなりに経済的に余裕もあり凝り性だったから、裕也はこれまでも様々なものをコレクションし、あるいは何か始めるにあたり道具を買ってはすぐに飽きて、ネットで売ってきた。もちろん購入価格にくらべれば大抵は十分の一程度の値段しかつかないが、世の中に好事家はいるものらしく、ときには驚くほどの高値で売れることもあった。

さっそくデジカメ片手にビニールハウスに入り、いくつかの株の写真を撮る。説明書きなどを作り、ネットオークションに出してみた。

結果は一株四万五千円、と驚くほどの高値がついた。

父の葬儀の後にやってきた老人の言葉、「大事に育ててやれば、金に変わる」というのは、このことだったのだ。

株はまだ五百鉢ちかくあり、まだまだ増える。

喜んだのもつかの間、四万円台の値段がついたのは十株程度で、すぐに三万円に下がった。それも二、三十鉢を売り上げた後は、あっという間に一万円台に下がり、二週間後には一万円を割り込み、八千円、七千円、とうとう一鉢二千円程度に落ち着いた。

希少価値だけが売りの多肉植物のごく小さな市場が飽和状態になったのだ。

すぐに思い当たったことだが、本来なら子株を持つまで一年近くかかるアガベが、裕也のものは一ヵ月とかからず、次々に子株を持ち幾何級数的に増える。

ウサギ算どころではない。ほとんどウィルスだ。こうなると希少種としての価値などどこにもない。雑草、ひょっとすると特定外来生物の指定を受けて栽培禁止に追い込まれるかもしれない。

もはや送料と手間を考えると儲けはほとんど出ないところまで値段は下落したが、それでもやわやわとした小さな星形の子株を捨てる辛さには代えがたく、早朝から深夜まで、ほとんど寝る間もなくスマートフォンの画面を見ながら、鉢を梱包し相手の住所を打ち込みシールを貼る、といった作業を行っていた。

しかしそんな作業も止めるときがきた。

母の退院を告げる知らせが病院から届いたからだ。

妻に去られた今、大きな障害の残った母を一人で介護する自信はない。

その日から裕也は施設探しに奔走することになった。

病院からは頻繁に呼び出され、病室に顔を出しては、母から「早く家に戻せ、施設など絶対に嫌だ」とろれつの回らない口で怒鳴られる。

帰宅して、広いビニールハウスの中をざっと見回る瞬間だけ、ほっと一息つき落ち着くことができる。

ぎっしり置かれていた黒いポリポット入りの小さな子株は、あらかたなくなっていた。

最後は捨て値ではあったが、小さな物は何とか売り切った。

それでも直径二十センチ近くに育って、すでに子株になりかけた柔らかな芽を根元につけたものが、二百個近くある。

一方、通帳の残高は、元本割れした投資信託の一部を売却したうえに子株が当初高値で売れたこともあり、四百万円近くまで増えていた。

この先どうしたものか、それ以上に優先しなければならないのは、母のことだ。施設を探すか、自宅に戻ってもらうか。自宅に戻るならそれなりの準備にすぐに取りかからなければならない。

わかってはいるが考えたくない。

息子を連れて実家に帰った妻に連絡を取ることもしていない。

日がな一日パソコンかスマートフォンの画面を見て、アガベの項を検索しているか、そうでないときはビニールハウスで過ごしている。特に気に入った株は家に入れた。

そんな折、居間の出窓に置かれた直径が三十センチほどに育ったアガベの色艶が悪くなり、何となく精気に乏しくなった。

棘だらけの葉をかき分けて虫を探してみたが、そんなものが付いている様子もない。

試しに鉢から抜いてみた。

白い塊がすっぽりと鉢の形に抜けてきた。根がぎっしりと詰まり、もはや鉢に収まらなくなっているのだ。

必死で呼吸しようとするように、白い根の先端が鉢の外に飛び出している様を見ると自分の胸が苦しくなり、早く何とかしてやらなければという焦りばかりがつのる。

外のビニールハウスにある他の鉢も見た。どれもこれも根元の土を掘ってみると、やはり絡まった根が恐るべき密度で詰まり、土を溢れさせている。

急いでホームセンターに行くか、ネットで大型の鉢を買わなければならない。

そのときごく当たり前のことに気づいた。

芝生の庭の上には今、分厚く石と砂利と砂の層が載り、彼らが自生していたメキシコの砂漠のような土壌になっている。

地植えしてやればいいのだ。そうすればこんな風に根が固まり、鉢に詰まることはない。

さっそく、ハウス内のすべてのアガベをいったん外に出し、棚を撤去した。

次に、一つ一つを鉢から出し、砂と砂利を掘って地植えしていく。その中の半数くらいがすでに子株を持っているので、それを外してやはり地面に植える。

百個ほど植えたところで腰が痛くなったが、それより問題なのは、三十センチくらいに成長することを見越して、間を空けて植えているので、ビニールハウスがすでに一杯になっていることだ。

大型のビニールハウスを購入しようか、と思案しているとき、そこに投げ出していた布袋の中でスマートフォンが振動しているのに気づいた。

このところ妻の実家から頻繁に電話がかかっていた。表示を見てずっと無視していたら、ある日、見慣れない番号からかかってきたので首を傾《かし》げながら出ると、妻側が依頼した弁護士だった。

もちろん即座に着信拒否にした。

しかし今、ディスプレイに表示されている番号は母の入院先の病院だった。

押しつぶされそうな憂鬱な気分で、通話ボタンをタップする。

相手は病院のメディカルワーカーだった。これまでの中年女性ではなく、男のワーカーで初めて聞く名前だ。

あなたの母親の病気は急性期をとうに過ぎており、これ以上入院させてはおけない、と脅しつける口調でワーカーは言う。

「でも、うちも今、事情があって私一人で、商売もたいへんなときで」と言い訳すると、

「介護者が男性一人でも問題はありません、こちらで訪問介護ステーションに繫《つな》ぎますので」と、とにかく出て行け、という意図があからさまに見える。

「ですから今、母にうちに帰ってこられても、嫁は実家に帰ってしまっているし」

相手はいち早く事情を察したらしく次の手を繰り出してきた。

「ご本人は希望していませんが、うちで併設している老人ホームに入ってもらうという選択肢もあります」

「それでお願いします」

即答していた。

電話を終えるとひどく疲れ、まだ残っている鉢をそのままにして家の中に引き上げた。腰に重たい痛みがある。昨日の湯を追い焚《だ》きして、ぬるついたバスタブに身を沈めて体を温めた。

ふと見回すと、タイルの目地や天井、床の隅々に黒くカビが生えている。

妻が出て行って何日経ったのか、とふと我に返るが、格別悲観的な気分にはならない。

アガベがあれば、それでよかった。

風呂上がりにエアコンの利いた部屋で缶ビールを開け、妻が出て行く少し前に冷凍室に入れて

いった、何か得体のしれないおかずを電子レンジで温めてつまみにする。

調理済みなのか湯がいただけなのか不明の野菜、本来なら焼くはずだった肉などもすべて電子レンジで処理する。

それを食べ尽くしたら、ホームセンターの隣にあるスーパーマーケットで弁当を買ってくればいい。

レストラン経営者の跡継ぎだけあって、もともとは食へのこだわりはあったはずだが、そんなものは完全に失った。空腹を満たせればそれでいい。そもそも味自体がよくわからない。わからない、というよりどうでもいい。もしかするともともとどうでもよかったが、跡継ぎとしての義務感から味わっていただけだったのかもしれない。

翌日の午前中、ネットで農業用大型ビニールハウスを物色した後、病院に向かった。

「早く家に帰せ、いつまで私をこんなところに入れておく気だ」

リクライニング型の車椅子にベルトでくくりつけられた母は、回らない口で怒鳴り続け、裕也は早々に面会室から退散した後、カンファレンスルームでメディカルワーカーから提示された書類に判を押した。

入居一時金四百万円、の文字に胃が重たくなる。

以前なら問題にもならない金額だ。二千万円の高級老人ホームだって躊躇《ちゅうちょ》はしなかっただろう。

しかし今は……。

母名義の預金はあったが、体も頭も不自由とはいえ、頑固でしっかり者の母が入居を拒否している以上、いくら猫なで声を出したところでカードの暗証番号など教えてはもらえない。

他に手段はなく自分名義の普通預金で四百万を払うことにし、悪態をつく母と顔を合わせたくないから、病院と同じ敷地内の老人ホームへの搬送を病院職員に任せ、逃げるように病院を後にした。

家に戻り、パソコンに向かい、ビニールハウスのネット販売を検索した。ふと我に返り、その金はもうない、と気づく。

それどころではない。当面の生活費と、母の入居費が一ヵ月あたり三十万円から出ていく。

切羽詰まって、家の中の引き出しやクロゼットなどを探し回るが、母の通帳も印鑑もない。カードだけはお気に入りの印伝のバッグに入っていたが、暗証番号がわからない。

ため息をついたとき、不意に思いついた。

二階の座敷に上がり、押し入れに入っている客用の羽毛布団の間に手を差し入れる。かさついた手触りがあった。摑んで引っ張り出すと、自分が中学の修学旅行の折に土産に買って来た西陣織の古ぼけた袋だ。その中に想像した通り通帳と印鑑があった。

それを手にさっそく銀行に行く。

払戻請求書に金額を書き印鑑を押して通帳とともに窓口に出すと、母が長年世話になっていた銀行員がやってきた。

窓口係の女性とやりとりしている裕也にうるさくつきまとっていたかと思うと、「申し訳ないのですが、ご家族様であっても、預金のお引きだしにはご本人様の委任状が必要なんですよ」と慇懃《いんぎん》に告げる。

「そんなものを書けるわけないだろ、くも膜下出血で退院したばかりなんだ」と居丈高に答えると、「それではご本人様にご同行いただければ」とあくまで慇懃に、不信感を丸出しにして無理難題をふっかけてくる。

「ほとんど寝たきりの状態だぞ、こんなところまで出てこられるわけないだろ」と怒鳴ってはみたが、分厚いコンクリートの壁を相手にしているように、相手はまったく動じない。

いくつか悪態をついて銀行を後にしたとき、財布の中には二千円の現金があるだけだった。

家に戻り、まず最初に保険会社に電話をかけ、妻が受取人になっている保険を解約する。次に証券会社と自分の口座のある銀行の双方に電話をし、このコロナ禍の経済停滞によって購入価格の七、八割まで目減りしている債券、株式を売却したい旨を告げる。

月三十万円の母の入居費と、自分の生活がそれでいつまでまかなえるのかわからない。

早く死んでくれ、そうすれば入居費はいらなくなり、入居一時金も一部は戻ってくるから、などという考えには至らなかった。

そこまで親不孝息子にもなりきれず、それ以上に、困窮している一年後や、半年後、いや、一ヵ月後のビジョンさえ描けない。

今しか見えず、目の前には寒空に放り出され、根詰まりしたアガベの鉢があった。

いずれにしても、と鉢を見渡して思った。

そこにある鉢を地植えにするとして、それぞれの子株を外すとなれば、いくら大きなハウスを作ったとしても覆いきれない。

こうなれば、と覚悟を決めた。

メキシコの乾燥地に自生する植物、とはネットで読んだが、アガベの自生地は中米だけではない。南北アメリカの乾燥地のいたるところにある植物だ。ということは、気温、湿度、土壌などが異なる、様々な環境に適応していくということなのではないか。

ただ一点、乾燥地、という条件さえ合致すれば。

幸いこのあたりの冬は、寒さが厳しいが乾燥している。梅雨から真夏、初秋に雨は多いが、高台でしかも表面を石と砂利と砂で覆ったから水はけがいいので根腐れはしないだろう。

裕也はビニールハウスの外に置かれている鉢を手にすると逆さにし、鉢底の穴に指を突っ込んで、鉢の形に固まった根っこを外す。

子株を外し、親とともに隙間を空けて地植えしていく。

生きてくれ、寒さに負けないで、と祈るような気持ちで、それから丸二日かけて、すべての株を地植えした。

そのうえでハウスの代わりに、アーチの骨組みの上にビニールを被《かぶ》せただけの安価な農業用トンネルで覆った。これで少しは寒さがしのげるはずだ。

妻が買っておいたラーメンやパスタ、冷凍食品を食い尽くした頃、連絡もよこさず、電話にも出ない娘婿に業を煮やした妻の父親が、弁護士を伴って家までやってきた。

妻としては言い分は山ほどあったことだろうが、裕也の方としては、世界はすこぶる単純に見えている。

新型コロナの感染拡大によって、経営していた店の客が減り、さらに酒の提供や営業時間などに制限がかかり、営業努力も虚しくもはや事業が立ちゆかなくなった。収入の道が断たれ、そのうえ義母の介護までが予見されたために、妻は息子を連れて出て行った。

財産分与？　養育費？　金があるなら払うが無い袖は振れない。

激怒する妻の父と、冷静に詰めてくる弁護士を取りあえず家から追い出しかけたとき、駐車場の前で弁護士が足を止めて、斜面を覆ったビニールハウスとビニールトンネルを指さした。

「農業に参入ですか、レストランを廃業して」

「別に」

「野菜ですか」

「いや……多肉」

鋭い視線で一帯を見ると、弁護士は義父の運転する車の助手席に乗り込み帰っていった。

保険の解約手続きや債券や株の売却が済み、普通預金口座に七桁の現金が振り込まれたのは、その直後のことだった。

とりあえず食料と日用品を買う金ができ、母の入居費の引き落とし手続きも済ませて、当面の平和な日々が戻ってきた。

地植えしたアガベは、寒さに負けず、のびのびと根を伸ばしたのだろう。色艶が良くなったのが、ビニール越しにも見て取れる。半月足らずのうちにサイズも一回り大きくなり、夜空の星が太陽に変わったかのように輝きに満ちている。

ホームセンターから買って来た放水用ホースリールを使い、ガレージに取り付けた水道の水をその根元にたっぷりとかける。

今年最後の水やりだ。これから来年の三月くらいまでは、水やりはせずに乾かすことで、株の凍結を防ぎ厳寒期をやり過ごすことができる。ネットで仕入れた情報によれば。

水を吸ったばかりのアガベは、葉の先端の針も氷の結晶のような銀色にきらめき、完璧な左右対称の幾何学的な美しさがさらに際だっている。

クリスマスも正月も、人に会うことはなかった。

昨年まではゴルフに、会食に、宴会にと声がかかり、友人も多かったつもりだが、レストランの廃業とともに、だれもいなくなった。かつて商売や地位の絡んだ人付き合いに煩わしさと空しさを感じながらも、嬉々として出かけていったことが嘘のようだ。

今の裕也にとっては、人付き合いにも友人付き合いにも求めるものなど何もない。

庭に作った砂漠で、アガベが大きくなっていく、それだけで十分だった。

地植えしたアガベは、肥料も水もないにもかかわらず、太平洋側の冬の豊富な太陽光を浴びて大きくなっていく。

金魚の成長が、飼われている水槽の大きさによって制限がかかるように、アガベも鉢の大きさによって成長が止まっていたらしい。

今、地植えしたもののいくつかは直径が一メートル近くなり、葉の厚さも三、四センチほどに肥厚している。

不思議なことに大きさを増すのと引き換えのように、どの株にもまったく子株がつかなくなった。理由はわからないが、ネットで調べたところによると、大きくなったアガベには子株がつかなくなるようだ。

一月下旬のことだった。

それまでの冬型の気圧配置が崩れ、陽射しがないにもかかわらず午後から生ぬるい風が吹いた。日が落ちた後、冷たい雨が降り始め、裕也は慌てて庭に走り出ていき、懐中電灯を片手にビニールハウスやトンネルを見回り、穴など空いていないかどうか確かめた。

日付が変わる頃、あたりの異様な静けさに目覚めた。

ハウスやガレージの屋根を叩《たた》いていた雨の音が消えていた。

少し離れたところを通っている幹線道路の車の音も、何かに吸い込まれたようになくなっている。しびれるような寒さが布団を通して体に染み入ってくる。

慌てて起き上がり窓のカーテンを開ける。

明るい。黎明《れいめい》の明るさではない。すべてのものが青白く微光を放っているような、しんと静まり返った明るみに覆われている。

雪だ。

すでに止んでいるが、建物の屋根にも地面にも、ハウスの上にも分厚く積もっている。

何とかしなければと焦りながらも夜中のことでどうにもならない。

翌朝、パジャマの上にダウンジャケットとオーバーズボンを身に付けただけでプラスティック製の雪下ろし棒を手に外に出て行き、ハウスとビニールトンネル上に積もった雪を落とした。

雪は降り止んでいるが、空は相変わらず灰色の雲に覆われている。

案の定、昼前から再び雪が降り始めた。

かなりの勢いで降って、朝に落としたばかりのビニールハウスの屋根に再び積もり始める。午後の三時過ぎと夕刻の二回、裕也は降りしきる雪の中で、ハウスとトンネルの雪落とし作業を行った。これは夜中も続けることになるかもしれないと、覚悟を決めた頃、雪の粒が小さく、落ちる速度が急に速くなった。

みぞれに変わった雪は、ほどなく雨になってハウスやトンネルの上に残った雪を溶かし始める。

そして翌朝、目覚めると再び雪になっていた。

すでにハウスの屋根もトンネルも白い毛布を被せたように雪に覆われている。

だがこの朝の雪は、前夜と違い、決して静かではなかった。びしょびしょと水音がする。

雲に覆われた灰色の空が明るみを増してくるにしたがい、みぞれにはならずいきなり雨に変わったのだ。

濡れるのでダウンジャケットを着るわけにはいかず、フリースの上に雨合羽を重ね、庭に出た裕也は、雪を落とし始める。

合羽を着ているとはいえ、水気はどこからか入り、あるいは汗をかき、背中や首筋が濡れてくる。手袋が濡れて手がかじかみ、雪下ろし棒の柄を握るのも一苦労だ。

かまってはいられない。早く落とさないと降り積もった雪に降り注ぐ雨は、雪を溶かす前に吸い込まれ、急速に重みを増していく。

重たい雪をそっと退《の》けていく。ハウスを終わってビニールトンネルの方にかかる。

しかしそのときになって雨は再び雪に変わる。それも水気の多い重い雪だ。

合羽にべたべたと張り付く雪を払いながら、急いでビニールトンネルの上の雪を退《ど》かして戻ってくるとすでにハウスの上に雪が積もっている。

それを落とす間もなく、雨に変わる。

いったん家に戻り、ファンヒーターに点火し、濡れた衣服を脱ぎ、体を拭いた。ヒートテックにフリース、さらに綿入れを重ねたが、背筋のこわばってくるような寒気に襲われた。ひどくだるいが、熱を測っても平熱だ。

ヒーターの温風の吹き出し口近くに座っていても震えが止まらない。

窓の外では掌《てのひら》ほどの大きさの水気を含んだ雪が舞い落ちてくる。

こうしてはいられないと思っても、体は鉛を飲んだように重い。

程なく頭痛と不快な暑さを感じ熱を測ると、今度は三九度を超えていた。

どうにもならず、枕や布団カバーの襟が脂じみて黒光りしている寝床に潜り込み、丸まった。

夢の中で、いくつものアガベの悲鳴を聞いた。

翌朝、激しい頭痛とだるさ、喉の痛みに呻《うめ》きながら縁側の雨戸を開けると、湿った雪の重みに耐えきれずに倒壊したビニールハウスが見えた。

そしてトンネルの方は完全に埋もれて平坦な雪原が灰色の空の下に広がっているだけだった。

終わったのか、と絶望とも安らぎともつかないものを感じた。

そのまま玄関前の雪かきをすることもなく、再びベッドに戻ると引き込まれるような眠気がやってきた。

降りしきる雨音に目覚めると、不思議なことに部屋には陽光が溢れている。

雨ではなく自宅の屋根に降り積もった雪が太陽に溶かされて、流れ落ちる音だった。

溶けかけた重たい雪を退かして、ハウスを建て直す気力体力がないまま一眠りして目覚めると再び気温は急降下していて、寝室のエアコンはうなりを上げて温風を吹き出してはいるものの、いっこうに暖まってはこない。

翌朝、ようやくの思いで起き上がり、とりあえず潰れたビニールハウスの上の雪を退けようと庭に出た。プラスティックのスコップを白く分厚く積もった雪に差し込もうとして、その先端が硬い表面にはね返されることに気づいた。

降り積もった雪が昨日の暖かさでいったんシャーベット状に溶け、それが夜の寒さで再凍結して、硬く重たい氷の塊に変わっている。

物置に行きスコップを持ってきて、氷の塊を退かそうとするがどうにもならない。力任せにスコップを振り下ろせば、その下のアガベを壊してしまう。

ビニールトンネルの方も同様の状態だ。雪の重みで骨組みのアーチが傾き、ほぼ平らになっていた。

死んだのか、とつぶやき、悄然《しょうぜん》として家に戻ったそのとき、ソファに投げ出したスマートフォンの不在着信を知らせるランプが点滅しているのに気づいた。

ディスプレイに母の入居先の施設の番号が表示されていた。

死んだのか、ともう一度つぶやき、とてつもなく憂鬱な気分に見舞われたが、こちらからかけ直す気力がない。

そのとき固定電話が鳴り出した。

覚悟を決めて受話器を取った。

施設長からだった。

母の体調について話したいことがあるので、すぐに来てくれるようにと言う。いったいどういう状態なのか、と尋ねても、取りあえずお目にかかってお話しします、という返答しかない。

吐き気に似た悲嘆の感情が押し寄せる。それが母に対してのものなのか、それとも雪に潰されてしまったアガベに対してのものなのか、わからなかった。

あの雪をどうやって退けて、ビニールや骨組みを片付けて、潰されたアガベをどう処分すべきなのかわからない。それと同じ次元で、亡くなった母の葬式というものをどうやって営み、遺体をどうしたらいいのか、わからない。つい一昨年の父の葬儀では喪主である母の代理として滞りなく仕切ったというのに。

施設に着くと、母はまだ生きていた。

何のことはない。たまたま施設の健康診断で糖尿病がみつかり、外来治療を開始するにあたり、家族に許可を取ろうとしただけだった。

新型コロナの影響でしばらくの間禁止されていた面会も、ここにきて一回十分、二親等以内という制限付きで解除された。にもかかわらず入れっぱなしで家族が面会にも来ないのは好ましいことではない、という施設の方針の下、施設長が、とにかく息子を呼びつけて母と面会させようとしていたのだ。

数ヵ月ぶりに会った母は、もはや「早くここから出せ。家に帰せ」と怒鳴ったりはしなかった。認知症がかなり進んだ様子で生気に乏しい目をしていたが、息子のことはわかるらしい。懐かしがるそぶりはなかったが、「まんじゅうを買ってこい、お腹が空いて死にそうだ」と訴える。

「わかった、買ってくるよ」と答えると、傍らの看護師が、「本当に持ってくるのはやめてくださいよ、糖尿病なんですから。それに新型コロナが流行っている間は、一切の食べ物の持ち込みは禁止です」と叱責の口調でささやく。

「喉が渇いた。カルピス持ってこい」

看護師の方を振り返り、「ジュースくらいなら……」と尋ねると、「それが一番、病気には悪いんですよね」と答える。

看護師がどこかに行った後、十分足らずで面会室から出た。体が動かず、認知症が進行し、いつ「家に帰せ」と怒鳴り始めるかわからない母と二人で密室で向き合っているのは耐えがたかった。

家に戻ると凍るような風が真っ白に雪を被った庭を吹き渡っている。

半ば凍った道を上がってくるエンジンの音に振り返ると、郵便配達員の赤いバイクだ。

「ちょうど良かった」と顔なじみの局員が、バイクを門の脇に付けると、「すいません、はんこかサインをお願いします」と一通の封書を差し出した。

内容証明郵便だった。差出人は妻が依頼した弁護士だ。

家に入って開封すると協議離婚に向けての書類一式だった。

電話は着信拒否にし、家に鍵をかけて、だれが来ても出なかったらこんな手段を取ってきた。

別れたくないわけではなく、ただ面倒くさかっただけだ。

離婚届一枚に判を押して送り返して終わりなら、さぞ気が楽だろうにとため息が出る。慰謝料は請求されていないが、財産分与に養育費。読むだけでも気力を喪失するような内容が書かれている。

何もかも消えて無くなれば楽だろうに、と暮れかけた空を見上げる。母も、妻も、息子も、そして自分も。死ぬのは面倒くさく不吉だが、露と消えて無くなるというのは、なんと甘美な終わらせ方だろう。

現実はそうはいかず、しばらくの間は離婚手続きに忙殺された。

財産に執着する気持ちはもとより、いずれすべての収入の道を断たれて路頭に迷うのではないか、といった不安もない。

それなりに愛情をそそぎ、かわいがった息子の親権どころか面会権についてさえ、どうでもよかった。

そんな中、凍りついた雪が再び溶けたのを見計らって、雪とともに潰れたビニールハウスとビニールトンネルを撤去した。

一歩動くだけで、息が上がるようなだるさをおして、大量のビニールをひとまとめにして縛り、フレームを引き抜きやはり紐でまとめる。

農家の出身ではないから、手際は悪い。手際の悪さは組み立てるときも同様のはずだが、撤去作業の方がはるかにはかどらなかった。

理由は明らかだ。崩れたビニールハウスとトンネルを取りのけた下にあるのは、アガベの死体だった。

人の遺体同様、死んだ直後から腐っているわけではないから、潰れて、凍ってしまった後も緑色を保っているのが痛々しい。このまま凍結と解凍を繰り返して、細胞壁が壊れ、どろどろに崩れて茶色に朽ちていくのだろうとわかってはいるが、まだ緑色をしているそれを引き抜いて片付ける気にはなれず、放置する。

二月に入ると、オミクロン株の登場とともに始まった再拡大がピークを迎えた。それでも新型コロナ発生から丸二年がたち、ワクチン接種も進み、マスクの生活が日常化すれば、もはやだれも危機感など抱かない。世間の人の流れにも目立った変化はない。

父の代から加入している地元商工会やライオンズクラブの、対面ないしはオンライン会合の知らせは、無視しても頻繁に送られてくる。

近いうちに元通りの世の中になるのだろうか、と思うと、不安とも疲労感とも、重圧感ともつかないものに襲われる。

人々が自粛と称して、顔を半分マスクで隠し、玄関ドアを閉ざして家に籠《こ》もっている状態、それが許され推奨される世の中であるから、自分は安心して生きていられる。また以前のような、活発で前向きで万事にざわついた世界が戻ってくることを想像すると恐怖を覚えた。

ずっとこのままの世の中が続いてほしい。世界中が引きこもったまま、静かに動きを止めてゆっくり死んでいく……。想像するだけで甘く安らぎに満ちた香気に包まれていく。


三月の初旬にあっさりと協議離婚が成立した。

風は相変わらず凍るような冷たさだが、日暮れは目立って遅くなり、陽射しは急激に明るさを増していく。

ビニールハウスやトンネルを撤去した当初、緑色をしたまましおれていたアガベは、次第に茶色く腐っていった。

引き抜くほどの手間もなく、茶色のものはやがて繊維だけ残して、庭に作られた人工の砂漠に吸い込まれていく。

しかしその中で、いつまでも緑が消えない株が数個あった。

ある朝、まばゆい光の中で、確かにその葉がぴんと張って艶を帯びているのに裕也は気づいた。

生き残った……。

信じがたい思いで、しゃがみ込み、その葉に触れてみる。根元に近い部分は茶色に枯れているが、上の方の葉は、腐っていないだけでなく、生き生きとした半透明の緑色に変化している。

そっと握りしめると痛みを感じた。先端だけでなく、葉の縁にもびっしり針が出ていた。

小さな血の玉が指の腹に出来て、葉の上に落ちる。

生きている、とつぶやいていた。

冬を生き抜いたアガベが、血を流したような気がした。

それから物置にとって返すと、包丁を手に戻ってきて、下の方の腐った葉を丁寧に切り取った。

腐った葉には細菌が繁殖する。それが生きている緑の葉を腐らせるのを防ぐためだ。

そのとき、包丁が滑り、緑色をした葉に傷をつけてしまった。腐った葉は茶色の繊維がなかなか切れなかったが、肉厚の緑の葉は包丁の刃が触れた瞬間に、すっぱりと切り口が開いた。同時にその切り口から透明な液体がどろどろと滲《にじ》み出してきた。

まるでぴんと張った若い女の皮膚のようだ。驚き慌てて傷口に指をやった。

びくりとして飛び退いた。

脈打っているような気がしたのだ。

葉が脈打ち、傷ついたところから透明な血が滲み出している。引っ込めた手には、透明な粘液が絡みついている。

無意識に口元に持って行き嘗《な》めた。

呆然とした。

蜂蜜に似たなめらかな甘みと、熟成した赤ワインよりも濃厚なこく、恍惚感に満ちた味が舌の上に広がっていく。

葉の傷口を人差し指で拭って、もう一口嘗めてみる。

脳内に幸福の雲が広がっていく。

我慢ならずに手にした包丁で同じ葉のさらにつけ根に近い部分を傷つけた。

やはりびくりと脈打ち、透明な血が流れ出す。嘗めてみる。

濃厚な甘味はすぐに飽きるはずだが、まったく飽きない。

もう何もいらない。世界がゆっくりと閉じていく。甘味と淡い光と陽光に満たされた美しい世界。

ゆるゆると我に返った。

いくつかの個体が寒さの中で生き残った理由がそれだ、と悟った。

細胞内の水は寒冷な気候によって凍り体積を増し、細胞壁を破壊し、アガベを枯死させる。しかし昨年暮れからの乾燥状態で、いくつかの個体はその分厚い葉の中の水分を凝縮させ、糖をため込むことで凍結を防いだのだ。

しかしそこからしみ出した液体の味わいは、単なる天然の不凍液以上の恍惚感を伴う甘味を備えている。

手にした包丁で、蜜を滲み出させている葉を一枚、根元から切り落としたのは、傷口から細菌汚染が始まることを怖れたからだが、それ以上に欲望に勝てなかったからということもある。

葉を切り落とした跡には、植木用の殺菌剤を塗りつける。

長さ七十センチほどもある葉を台所に持ち込み、ステンレスの包丁で先端と葉の周辺の針の部分を削《そ》ぎ取る。削いだ部分と根元の切り口から、小さな玉となって蜜が滲み出てくるのを裕也は嘗める。

永遠に続く天国の甘み。

針の部分を削ぎ取る。削いだ部分と根元の切り口から、小さな玉となって蜜が滲み出す。

さらに皮を剝《む》き、妻が通販で買ったきり、一度しか使ったことのないジューサーを棚から下ろした。

埃《ほこり》を被ったそれをろくに拭きもせずに、葉を入れた。

悲鳴のような音を立ててカッターが回転し、細かくすりつぶされた肉厚の葉から搾り出されたどろりとした液体が、カップの中に流れ落ちてくる。

それに指を突っ込んでは幾度も嘗めた。ごくりと飲み下すのはもったいない。

残ったものにラップをかけて冷蔵庫にしまった。

その夜は甘美な夢を見た。

目覚めた後、具体的な映像は消えていたが、心地よい気分だけが残っている。性夢の類いの生臭いものではない。

ただ恍惚感の中に浮遊し、起きた後も漠然とした幸福な気分にひたっていた。

翌朝、冷蔵庫の中の液体を蓋付き容器に移し、母のいる老人ホームに運んだのは、その幸福感が、本来の彼が持っているはずの肉親への思いやりを、ほんの少しばかり呼び覚ましたからだった。

「まんじゅう、ジュース」と甘い物を要求する老い先短い母に、施設の看護師は無情にもそれらの差し入れを禁止した。

かまうものかと蓋付き容器をエコバッグに忍ばせ老人ホームの玄関を入った。

受付で面会表に名前や時刻を記載し、事務員から感染防止のために面会時間は十分間に限られていることを伝えられ、ビニール製の使い捨て手袋を渡される。

居室に向かう間もなく、母のろれつの回っていない怒鳴り声が聞こえてくる。

出迎えた介護士が無表情のまま、居室に案内してくれた。

車椅子にベルトでくくりつけられた母は、何か機嫌を損ねたらしく、介護士に向かい悪態をついていたが、すぐに息子に気づいた。

不明瞭な言葉から「家に帰るよ」という叫びだけが、はっきり聞き取れた。

命令口調と怒りにぎらぎらと光る目に、今朝ほど感じた肉親の情のようなものが、萎《な》えていく。

介護士が去って代わりに看護師が入ってくる。

スタッフが不足する中、いかに扱いづらい入居者であるかを縷々語った後、看護師は「訪問介護サービスもあるのですから、お家で見てくれると助かるんですけどね」とわざとらしくため息をついて見せた。

反発する気力はもとよりなく、裕也は黙って頭を下げる。

看護師が出て行くと、引き戸を閉めた。

「家に帰るんだから、早く用意しろ」と怒鳴りながら車椅子のベルトをはずそうとする母をいさめながら、エコバッグの中から蓋付き容器を取り出す。

「そんなものでごまかされやしないよ」

びっくりするほど明瞭な声で母は叫んだ。

「いや、帰るけど、その前にうまいものを持ってきたから一口……」

母の言うとおり、これでごまかせればいい、という気分になっていた。

一晩、冷蔵庫に入れているうちに粘度を増して蜂蜜のようになったアガベの汁を、プラスティックのスプーンで口に運んでやる。

一瞬で静まった。

虚を衝かれたように目を見開いて裕也の顔を見つめた母の表情が緩んでいく。

「もっと」

さらに一口。何とも幸福そうな笑みが、嫁いで以降の苦労と厳しい気候の中で鞣《なめ》された茶色の頰の上に広がっていく。

「もっと」

不自由な両手を伸ばしてきて、容器を摑んで口に持っていこうとする。

「ああ、わかったから」

裕也は容器を支えて、直接、母の口元に持って行く。誤嚥《ごえん》の可能性など最初から考えもしなかったが、粘度があるせいかその心配もなく、母はその甘い汁を飲み下した。

容器が空になると縁に舌を這《は》わせて最後まで嘗めとろうとする。

そのとき背後の引き戸を勢いよく開け、体温計を手に看護師が入ってきた。

見られた。

「食べ物の持ち込みは禁止と言ったはずですよ」

「いや、青汁……うちの庭で取れた……菜っ葉の」

看護師は母の満足を通り越して恍惚とした表情を見て取ったようだ。

「この前、申し上げたとおり、今は、すべての飲食物の持ち込みは禁止です。特に血糖値を上げるようなものの差し入れは絶対止めてください」

「ええ、ですから青汁……」

素早く容器を袋に落とし込み、母に別れを告げることもなく、後ずさりしながら退出しようとする裕也に、看護師は追い打ちをかけるように告げた。

「毎日二回、血糖値を測っていますから、結果はすぐに出るんですよ」

嘘をついても無駄だ、と言いたいらしい。

疲れ切って家に戻り、アガベの様子を見た。気温はわずかに上がっているのだろうが、北風が強く体感温度は低い。

そんな中でむき出しになったアガベの数本は、枯れる気配もなく元気に育っている。

その葉を見ると、喉が、舌が、あの甘い汁を欲した。台所に飛び込み、ペティナイフを持ちだし、肉厚の葉を傷つけ、棘にやられないように指を這わせては玉になって滲み出る液体を嘗める。

幸福感が脳髄をしびれさせる。

「ごめん」と謝り、傷つけた葉を切り取った。

気をつけたつもりだったが、縁に生えた針が指につきささり、血の玉が膨れ上がったかと思うと、葉を一枚もらった対価のように、中心部の若い葉に降りかかる。

昨日同様にジューサーで搾って、一口飲む。後を引いてもう一口だけ飲み、残りを冷蔵庫に保管する。

幸福な眠りと満ち足りた気分の朝がやってきた。

庭に出て、二枚の葉を切り取ったアガベに近づく。同じように生き残った個体は後、五つある。次に葉を切り取るのは別のものにしようと考え、ふと見ると、若い葉が一晩でずいぶん成長している。色艶もいい。

しかも中心部から小さな葉がまた一枚立ち上がっている。

葉を切り取ってやると、負けじと新たな葉を成長させるのかもしれない。

午後になって、老人ホームの施設長から電話がかかってきた。

「失礼ですが、昨日、お母様に何を飲ませられました？」

しわがれた女性の声が尋ねる。

看護師から血糖値が急上昇したと報告が上がったのだろう。

「青汁です」と答えた。

小松菜でも、ケールでもないし、色も青や緑ではない。ムーンストーンのような半透明の粘り気のある液体だが、葉を搾ったものであることに間違いはない。

「血糖値、やはり上がりましたか」

「いえ」

きっぱりと相手は答えた。

「血糖値は正常です」

舌の上に広がった濃厚な甘みを思い出す。

つまり甘いが、血糖値は上昇させない、ということか。

「あのあと急に落ち着かれまして。夜はぐっすりお休みになっていますし、穏やかになられたので」

「いや、薬とか入れたりしていません。ただの青汁……」

「そうですか。飲み物の影響もあるかもしれませんが、やはり息子さんのお顔を見て、お話しされたことで落ち着かれたのでしょうね」

母と話などほとんどしなかった。何か理由があるとすれば、あの液体の何らかの成分が鎮静作用を持つということか。

自分の感じた限りでは、それはただの鎮静作用というよりは、多幸感に近いものなのだ。

「そんなことで、これからはもう少し頻繁に面会にいらしていただけるとありがたいのですが」

そう言い残して施設長は電話を切った。

その日のうちに看護師から電話がかかってきて、明日にでも施設に来いと言う。

内容は、それまで使っていた向精神薬を病院の医師と相談の上、止めることになったので、その報告をしたいとのことだった。

電話で済みそうなものだが、いちいち書類を出して家族にサインさせるのが、その施設のやり方だった。

翌日の昼過ぎに、アガベの「青汁」を隠し持って施設に行き、面接室で看護師の話を聞いた後、介護士に連れられて母の居室に行く。

母は見違えるように穏やかに、上機嫌になり、もはやベルトで車椅子にくくりつけられてはいなかった。

十分後の面会終了を知らせるタイマーをセットして、介護士は居室から消えた。

すばやく母に、その液体を飲ませ、至福の表情を浮かべて、とろとろと眠りについたのを見届けて家に戻る。

郵便受けに、不動産会社からの封書が入っていた。おそらく駅前にある店舗のことだろう。空き店舗をどうにかしてやる、という大きなお世話の提案か、それとも土地建物を捨て値で売れということか。

中を見る気もせず、庭を見回った。

春の陽射しの中で、二枚の葉を切り取られたアガベは一回り大きくなっている。切ることで成長が促されるのかもしれない。別の株の葉をこの日は切った。

搾りたての汁を一口飲んで、気づいた。

これを口にするようになってから何も食べていない。それでも空腹感はない。体の不調もない。これさえあれば何もいらない、完全食か。たとえばアガベの乳、あるいはアガベの血。

翌日は一日中、幸福感に包まれ、庭を散策し、縁側で春の陽射しを浴びてうたた寝しながら過ごした。

施設から電話がかかってきたのは、三日後の未明のことだった。

母が急死したという。

現実感などまるでないまま、車で幹線道路に下りて施設を目指す。

居室にいる母は、唇を半開きにして眠っているように見えた。何の苦しみの跡も見えない。色を失った唇の間から見える空洞が、やけに暗く、それが死を実感させたきり、その体温を失った体は温かいベッドで空を泳ぐ夢でも見ているように、幸福感に包まれて見えた。

「介護士が見回りに入ったときには、すでに息を引き取った後で」

厳粛な表情で施設長が告げた。

裕也が面会に行った日の夜から、食事をまったく取らなくなり、翌日はほとんど眠って過ごしていたらしい。

数日後に老衰死を迎える兆候でもあり、また施設の方針として延命治療は行わないことになっていたこともあり、翌日には家族に連絡するつもりだったが、意外に早く亡くなった。苦しんだ様子はまったくなかったという話で、遺体の様子からしてもその通りだった。

家族が持ち込んだ「青汁」を疑った者もいたのだろうが、高齢者の安らかな死に際して、わざわざ面倒なことを言い立てる職員などいない。通常でさえ人手の足りない介護現場で、さらにコロナ禍ともなれば、今、生きている入居者の管理とケアだけで手一杯で、施設で平穏に亡くなった者の死因をいちいち追及してはいられない。

遺体はその日の午前中には斎場に運ばれ、葬儀の簡単な打ち合わせが行われた。

地元でそこそこ名を知られた事業家の妻の死ではあったが、新型コロナの流行が始まって以来、たいていの葬儀は家族葬ですまされる。その家族も裕也一人だった。

斎場の小さな一室にしつらえられた祭壇に、死後も幸福な夢の中にいられるようにと、裕也はグラスに入れたアガベの汁を供えた。

葬儀から初七日法要までその場で済ませた後は火葬場に行き荼毘《だび》に付した後、まだ温かい骨壺を抱えて帰宅した。

一週間以上、アガベの汁以外の飲食物を取っていないが、裕也の方は特に不調は感じない。


春の陽射しは日に日に強くなり、生き残ったアガベの葉の大きさと厚みは増していく。同時に色も濃くなってきた。そして葉を傷つけても滲み出す汁は少なくなり、しかも甘味が次第に薄まってきた。

三月も半ばに入ると、切り取った葉を搾った汁は、甘露から薄ら甘いだけの青臭くてさらさらした液体に変わっていた。

もはや植物が高糖度の不凍液を必要とする季節は過ぎてしまったのだ。

そんな頃、最初に裕也が葉を切り取って汁を搾った株の中央から細長く芯が伸びてきた。長さ二十センチもありそうなそれは前日にはなかったから、一昼夜でそれだけ成長したということだ。

二日後には一メートルに達し、さらに翌日は二メートルまで伸びた。そしてその先端から噴水のように細長く真珠光沢のある細い茎が何本も垂れてきたかと思うと、翌日には中ほどが膨らんでくる。

つぼみだった。薄緑色の光沢を放つ、長さ四十センチをゆうに超えるつぼみが七本、垂れ下がっている。

こんなのはアガベではない、とそのときになって裕也は気づいた。

百年に一度咲く、とか言われるアガベの花は、ネットで写真を見たかぎり、もっと地味で、花びららしい花びらもない貧弱なものだった。

細長いつぼみは、ハマユウに似ているが、ヒガンバナ科のあの花とは、葉が違う。だいいち、ハマユウは多肉植物ではない。

夕刻、ゴミを捨てようと台所口を開けたとき、百合に似た甘い香りが漂っているのに気づいた。玄関に回り、宵闇を透かしてみると、あの多肉植物の二メートルも伸びた花茎の先端からぶら下がったつぼみが、白さを増している。近づいてみると白く膨らんだその先端がわずかに開いて、甘い香りを放っている。

やはりアガベなどではなく、百合の種類なのかと、格別、調べてみようという気にもならないまま、その気品ある香りを胸深く吸い込み、室内に戻る。

夜中に目覚めた。遮光カーテンの造り出す濃密な闇の中、換気扇から忍び入ってきたのか、部屋には甘い香りが満ちている。

胸のざわつきを覚えて起き上がり窓を開けると同時に、甘酸っぱい体臭にも似た心を騒がす匂いが流れ込んできた。

窓から首を突き出し、庭を見下ろす。傾きかけた半月に庭は黒く沈んでいる。その闇の中に白いものがぽっかりと浮かんでいる。目を凝らすと浮かんでいるのではなく、あの多肉植物の茎から花が垂れ下がっているのだった。

夕刻に見たつぼみが大きくなって開いたようだ。

階下に下り、サンダルをひっかけて出て行ったのは、それが月下美人の花のように、朝を待っていたらしぼんでしまうかもしれないと考えたからでもあるし、むせかえるような香りに官能を刺激されたからでもある。

近づくと一本の茎から垂れ下がった七つのものは、青白く微光を放っていた。月下美人のような華麗さはないが、巨大なホタルブクロにも似た中膨らみの花の先端が五つに割れ、花弁の先がスペードに似た微妙な曲線を描いてなまめかしく反り返っている。

風もないのに、ぶら下がった七輪の花が揺れている。ほのかな光に誘われ顔を近づけると、割れた花弁の奥から銀色の糸のようなものが数本垂れているのに気づいた。

いつの間に伸びてきたのか。微風に揺らめくように動いている。手を差し伸べると静電気でも帯びているようにまつわりついてくる。

かすかなしびれを感じる。見る間に七つの花の先端からするするとその長い雄しべのようなものが伸びてきて、指から手首まで絡みついた。

皮膚の上にしびれが広がってくる。

決して不快ではない。むしろ心地良いしびれだった。

陶然として立ちすくみ、自分の手から手首そしてパジャマの下を肘まで這い上がってきて網状に包んでいくものを眺め、それから再び花に視線を移すと、青白い微光は、いまははっきりそれとわかるほどに、白く明るい光を放っている。

先端だけが開いたホタルブクロに似た地味な花は、今、がくの際まで花弁が裂け、発光する巨大なハマユウに似た花が、七輪、シャンデリアのように下がっている。先端から伸びた雄しべが髪に触れた。たちまち顔に下りてきて、恍惚感を伴うしびれとともに銀色のきらめきが視野を覆う。

西の空に沈みかけている半月の弱々しい光をそのきらめきの間から捉え、裕也は裸足の足先から、かかとのすり減ったサンダルがするりと脱げるのを感じる。粗末な履き物を脱ぎ捨て、体が地面から浮いているのを認識する。

レストランを廃業し、妻子に出て行かれ、施設に入れっぱなしにしていた母を見送った。親類や友人関係だけでなく、商工会や町会との連絡も一方的に絶って久しい。

それでもこの家に人は訪れる。

弁護士事務所から発送された内容証明郵便を手にした郵便局員のバイクが坂道を上がってきて、

門の脇で止まる。鞄を手に局員は高台の家の砂漠を模した庭を抜けて、玄関に向かって緩い坂を上っていく。

そのとき数本植わっている多肉植物の棘だらけの葉に、古びた衣服と思しき布片が引っかかっているのに気づき、奇妙な胸騒ぎを覚えた。

インターホンを押しても、返事がないのはしばらく前からのことなので、そのまま幾度も押し続ける。

中で電子音が十回も鳴るのが聞こえた頃、ディスプレイで、こちらの姿を確認したらしく不機嫌な顔をした無精髭だらけの男が、すえたような体臭とともに玄関先に現れる。

そのはずが、今回に限っては出てこない。

さては、と嫌な感じを覚えて、ドアのノブに手をかける。抵抗なく開いて、長い間閉め切った家に独特のかびた臭気が鼻をつく。

腐った魚のすさまじい臭いなどないことにほっとしながら、「ごめんください」と大声で呼んでみる。

だれも出てくる気配がなく、諦めて扉を閉める。

バイクの置いてある道路まで庭を下っていく途中、再びあの衣服の切れ端のひっかかっている多肉植物の脇を通りかかり、その直径一メートルをゆうに超えて放射状に広がる葉の中心から、三メートルあまりもすっくと立ち上がった茎の先端に果実がぶら下がっているのに気づく。

細長くて奇妙なくびれのある形に、首つりを連想して、慌てて視線をそらす。

そのとき隣に植わっている株と重なりあったその葉の根元に、男物のサンダルの片方が転がっているのが見えた。

そこから三十センチほど離れた場所に、底を上に向けてもう片方もあった。

目にしたのはそれだけだったが、背筋が凍り付くような感じを覚え、局員は転がるように坂を下り、赤いバイクのところまでたどり着くと、大きく息をしながらスマートフォンを取りだし、明るすぎる春の陽射しに真っ黒に沈んだ画面を手探りするように「１１０」と、数字をタップする。

遺影

深夜、夫と顔を寄せ合うようにしてデスクトップパソコンの画面を睨《にら》みつけた。

夫がマウスを操作し、次々に写真を表示していくが、思わしいものがない。

というよりは、凝り性の夫が一眼レフカメラや高性能のデジタルカメラで写した写真は、どれもこれも、不穏な雲の湧いている青空や岸辺の風景がゆがんで映り込んでいる暗い川面といった風景写真で、そうでなければ藪《やぶ》の中の雑草や近所の野良猫を変わったアングルから写した、要するに芸術家気取りの「作品」ばかりだった。

これで子供でもいれば家族写真くらいは撮ったのだろうが、妻の由佳《ゆか》やましてや自分の母親など、被写体としてはまったく食指が動かなかったらしい。

「だからスマホでもいいから、お義母《かあ》さんのスナップ写真くらい写しておけばよかったのよ」

たった数時間前に実母を亡くしたばかりの夫に向かい、眉間に皺《しわ》を寄せて由佳は叱責する口調で言う。

「まだ当分、先だと思っていたから」

言い訳する夫をパソコンの前に残し、大量のドライアイスに挟まれて白い布団に寝ている義母の枕元に行く。

この夜、市内にあるグループホームで義母を看取った後に、施設から持たされてきた私物の中には、爪切りやウェットティッシュ、室内履きなどとともに、十枚近い写真があった。

花見、誕生会、夏祭り、クリスマス会……。

施設で開いてくれた様々な催しの折に撮ってもらった写真だ。

認知症の義母が、肺炎で近くの病院に入院した後、グループホームに入居したのは七年前のことになる。小ぎれいな個室と広々としたリビングを備えた施設でもあり、人見知りのひどい義母も他の入居者と十分な距離を保つことで何とかやっていたし、由佳もパートタイムの帰りには自転車で必ず寄り、個室で義母と話をしてきた。

それでもあらためて写真を見ると、笑っている写真さえ、その目はうつろだ。胸に赤いリボンのバラの花を付け、黙々とケーキにかぶりついている様や、満開の桜の下で戸惑ったような硬い表情で車椅子に乗っている姿は、楽しい催しと本人の心境の落差が表れていて、ただただ痛々しい。

何より一目で認知症がかなり進んでいるとわかるそれらの写真を、遺影として使うのは忍びない。

　官庁を定年退職した義父が、再就職後にがんに罹患《りかん》し、二年間の闘病を経て逝ったのが十五年前のことで、当時まだ六十代だった義母の遺影を用意しておくなど思いも及ばなかった。何より七十を過ぎても義母の体は元気なままだったから、そんなことは考えもせずに過ごしてきた。たとえ考えたにしても、葬儀のためにポートレートを撮っておいたらどうか、などという提案を嫁の立場でできるはずがない。

　それにしても義父の死から半年足らずで、内気だがしっかり者だった義母に認知症の症状が現れるとは想像もしていなかった。

　夫はまだパソコンのファイルから義母の写真を探し続けているが、由佳は和室に戻り、祭壇の前に座る。線香が燃え尽きそうになっていた。新しい線香を供えた後、ファイルを広げ葬儀までに用意するもの、葬儀社との打ち合わせ時間などの確認を行う。

　厳粛な悲しみの場であるはずの通夜が、ただただ慌ただしく過ぎていく。早急に準備しなければならない遺影がないことが、その慌ただしさに追い打ちをかける。

　線香が数本燃え尽きたその日の未明、義母の遺体を安置した和室のソファでうたた寝をしていたところを、夫の「あったぞ」という声に起こされた。

　はっとして線香の燃え尽きた香炉に慌てて新しい線香を灯し、夫の書斎に行く。

「これでいいだろう」と手渡されたのは、プリントされたL判写真だった。

思わず目を凝らす。

義母の顔に浮かんでいるのは輝くような笑みだ。パーマのかかっていないショートカットの白髪頭、淡いオレンジピンクのハイネックのニット。

美容師に話しかけられたり、頭に触れられることを嫌がり始めてから、パーマをかけるのも髪を染めるのもやめた。代わりに由佳が散髪用鋏で義母の髪を切った。淡いオレンジピンクのハイネックセーターは、寒がりのうえに肌が敏感な義母のために、知り合いがオーナーをしているセレクトショップで買ってきたカシミアだ。遠方に嫁いだ夫の妹がときおり送ってくれるチョッキやブラウスの、いかにもとげぬき地蔵尊界隈で売っていそうな色とデザインは、本人はともかく見ている方の気が滅入ったからだ。

それにしてもいったいだれが撮った写真なのか。何がそんなに義母を喜ばせたのか。

あまりにも自然な笑顔にこちらの口元もほころぶ。

「何これ？　どこで撮った写真なの？」

「俺は知らない。これ」と差し出されたのは、古びた封筒に入った数枚の写真だ。

ベンチで弁当を広げている義母、売店で土産物を物色している義母、そしてウサギを放した囲いの中で、戸惑ったように立ち尽くしている義母。

撮影場所は家から車で三十分足らずの明野《あけの》山《やま》森林公園だ。

発症から二、三年して認知症が進んだ義母は、食事を嫌がり、甘い菓子ばかり食べたがるようになった。無表情のまま、だれに対してかわからぬ恨み言をつぶやきつづけ、由佳が何を話しかけても反応がない。

大分に暮らす義妹の美里《みさと》に助けを求めることもできず、かといってまだはっきり意思を持って拒絶する義母を無理矢理デイサービスの車に突っ込むこともできないまま、ケアする由佳の方が限界に達するかと思われた頃、車で外に連れ出してやると義母の気分が好転することに気づいた。

助手席に座った義母は戸惑いながらも視線を動かし、やがて表情らしいものが見えてきて、その場限りであっても普通の会話が成立するのだ。

近くに娯楽施設もなく、軽自動車に義母を乗せて明野山森林公園に日参するようになったのは、その頃からだ。

食事を拒否する義母も、公園のベンチでは由佳の作った弁当を食べた。雨の日や冬場の寒い日は、そこにある「ふれあい動物園」の休憩室で弁当を広げた。

駐車場から公園の小道を歩き、ふれあい動物園で柵の中に入り、ためらいがちにウサギやモルモットをなで、ポニーを眺め、最後に猿山に行き、「あの猿はだれに似ている」といった類いの話をして、数時間遊ぶ。判で押したような毎日も、直近の記憶が残らない義母にとってはそのたびに新鮮で刺激に満ちたものであったようだ。

そしてそんな母の姿をスマートフォンで撮っては義妹の美里にＬＩＮＥで送り、ときにはキャビネ判にプリントして、義母の年老いた従姉妹《いとこ》たちに郵送した。

夫が見つけたのは、由佳がそうして義母の親族に送って余った数枚なのだろう。その中に、遺影に使うことに決めた、あの輝かしい笑みを浮かべた一枚があったらしい。

あらためてその写真を眺めて気づいた。

義母の着ているオレンジピンクのニットの肩先に何かが写っている。人の手だ。だれかが、義母の肩先に手をかけて軽く抱き寄せているようだ。

「ちょっと」と夫に呼びかけた。

「これ、何?」と尋ねると、夫は「ああ」と気まずそうな顔をして、「葬儀屋がうまく消してくれるから大丈夫だよ」と言う。

「それはいいけど、だれの手?」

「知らない」

とぼけているのは一目瞭然だ。目を凝らせば、その写真自体、もともと横長のものを義母の写っているところだけをトリミングして、縦長L判にプリントしたものだということがわかる。

「元の写真ある?」

「いいだろ、そんなの。遺影用の写真は見つかったんだから」

「良くないよ」と思わず声を荒らげた。

義母の一人住まいが心配になった頃、夫婦はそれまで住んでいた団地から夫の実家の敷地内にある離れに引っ越してきたものの、実の息子である夫は、訳のわからないことを言うようになった母に関わることを避け続けた。意味不明の恨み言につきあい、ときに泥棒よばわりされ、無視されながら、施設に入所するまでの八年近くを見守ったのは嫁の由佳だ。

それだけではない。そこにある写真は、すべて明野山森林公園で由佳自身がスマートフォンで撮影したものだ。にもかかわらず義母がどこかのだれかとそんな形で寄り添っているツーショット写真など撮った覚えはない。

だれかにスマホを渡してシャッターを押してもらったのなら、由佳自身が写っているはずだが、それもない。

「私に記憶がないってこと？　確かに自分で撮った写真なのに？　嫌だ、気持ち悪い」

急激に短期記憶を失っていった義母と自分を重ね合わせ、ついついとがった声を出していた。

夫は無言のまましばらく由佳を見つめていたが、やがて立ち上がると書斎に入っていき一枚の写真を手に戻ってきた。

「これだよ。別にどうでもいいけど」

ふてくされた様子でファイルに挟んだ一枚の写真を見せた。

横長キャビネ判にプリントアウトされた写真だ。背景は確かに明野山森林公園のふれあい動物園で、義母の肩に手をかけている男が写っていた。

当時七十になるかならないかくらいの義母と同年配かやや年下くらいのTシャツ姿の男だ。思慮深そうな、すこし落ちくぼんだ目に穏やかな笑みを浮かべて、義母の肩に手を回している。男が着ているトルコブルーのTシャツの胸に大きくプリントされているのは三角形の山が二つと太陽。違和感を覚えたのは、義母がハイネックのセーター姿なのに対し、その男のTシャツが半袖なことだ。

それにしても義母と男との仲睦まじい姿を写した、自分にそんな記憶はない。

年寄りを連れていると、確かにいろいろな人に話しかけられる。

「娘さん、たいへんだね。え、お嫁さんなの？　えらいねぇ。だれでもできることじゃないよ」

「奥さん、お嬢さんに連れてきてもらってるの、いいねぇ、うちなんか息子ばかりだからさぁ」

義母と同じくらいの年頃のおじいさんであったりおばあさんであったり、由佳と同年代くらいの中年女性であったり、いろいろな人が話しかけてくれた。ときには休憩中の作業員がおやつを分けてくれることもあった。

認知症とはいえその場限りの会話を成立させることはできたはずだが、元来が内気な義母はそうした語りかけをうるさがり、やがて近づいてくる人を極端に警戒し、怒鳴ったり怒ったりするようになっていった。そんな義母が男に肩を抱かれて、うれしそうな顔などするはずがない。

これは……とふと思い当たった。キャビネ判の写真は由佳が撮ってプリントアウトしたものとは限らない。

義妹の美里が里帰りした際には、明野山森林公園に彼女も同行することがあったから、美里が撮った写真かもしれない。

記憶を辿《たど》ってみると、一度だけ、美里とともに義母の従兄弟《いとこ》にあたる老人に会っている。その老人と話していた義母は、珍しく快活な笑い声を上げていた。

名前は忘れてしまったが、彼の家が長崎県の野母崎《のもざき》にあることから、義母は「野母崎」と呼び、美里は「野母崎のおじさん」、と言っていた。何でも戦時中に彼が、伯母に当たる義母の母親に世話になったとかで、「野母崎のおじさん」はその後も義理堅く新鮮な魚介類やかまぼこなどを盆暮れに送って来ていたらしい。確かに由佳もその時期になると、それらの海産物のお裾分けに与《あずか》っていた。

あの日、美里の他に野母崎のおじさんも連れて明野山公園に遊びにいったのかもしれない。その折に義妹が、自分の母と野母崎のおじさんのツーショットを撮って、夫のところに送ってきた。その可能性が一番高い。

しかし夫に尋ねると、「知らない」と首を傾《かし》げる。

母の従兄弟とはいえ、遠く離れて住んでいるから、結婚式や葬式で顔を合わせたことがあっても、親しく話す間柄でもなかったのだろう。それに野母崎のおじさんが実家を訪れた日には、夫は出勤していたから彼に会っていない。

数時間後、朝一番の飛行機で美里が嫁ぎ先の大分から飛んできて、実母の遺体と対面した。まだ八十にはなっていなかったが、認知症を発症した後も長く生きていたから、さしたる愁嘆場もなく美里も淡々とその死を受け入れている。線香を上げて手を合わせた後は、葬儀の手順について兄夫婦と事務的なやりとりをした。

「それで遺影なんだけど、これにしようかと思って」と由佳が葬儀屋に預けることになっている写真を差し出すと、義妹は「いいんじゃない。お母さん、こんなに幸せそうに笑うことがあったんだね」と初めて涙を見せた。

「で、この写真からお義母さんだけ切り取ったんだけど」と由佳は件《くだん》のツーショット写真を見せる。

「はぁ?」

美里はとがった声を発した。

「だれ? このおっさん」

「だれって野母崎のおじさんじゃないの?」

「違うよ」

即座に否定された。

「髪はこんな風に五分刈りっぽくしてるけど、あの人はこうだよ」と両手を頬の下に置く。確かに野母崎のおじさんは、恰幅《かっぷく》の良い人だった記憶がある。下ぶくれだったかもしれないが、写真の老人は頬がこけ気味だ。

「じゃあ、だれ? 親戚に心当たりはない?」

人見知りで内気な義母が、夫以外の男にこんなふうな打ち解けた笑顔を見せるとすれば、親類以外にいない。それも義父の方ではなく自分の身内だ。

「単純に写真を撮ってたときに、由佳さんが何か冗談とか言ったんじゃないの?」

「いや、私、ツーショット撮った覚えないし、美里ちゃんがシャッターを押したりしてなかった?」

相手が実の娘であれば、義母がこれほど無防備で底抜けに明るい笑顔を見せるというのはあり得ることだ。

「私、こんなおっさんとお母さんが肩組んでる写真なんか撮ってないよ」

「もしかして鳥取のおじさんとか、あと、ほら新潟にいる祐貴子《ゆきこ》さんの異母兄弟のお兄さんとか……」

親類の男性のことを口にしたが、美里は首を傾げる。

「福岡の勇二《ゆうじ》おじさんとか、祐貴子さんの腹違いのお兄さんって、お祖母ちゃんの葬式で会ったと思うけど、顔、覚えてないし」

親類全体を見回すと、その中には創価学会員が二、三人いて、普段は疎遠でも選挙が近づくと必ず義母の家を訪れて茶飲み話をして、ときには泊まっていったりもしていた。義父亡き後、訪れる人もいなくなった義母にとって、理由はともかく身内が訪《たず》ねてくることは何よりうれしかったらしく、そんな日はずいぶん機嫌がよかった。そんな折に、義母に頼まれてこのあたりでは唯一の観光地である明野山森林公園に一緒に行ったのかもしれない。

「たぶん、その線だね」と美里もうなずく。

そうこうするうちに、義母の従姉妹にあたる八十過ぎの祐貴子が到着した。

遺体との対面を果たしてしばし涙にくれた後に、線香を上げる。

座卓で由佳がお茶を出しているとき、美里に「由佳さん、あの写真」と促され、葬儀用書類や連絡先、メモなど一式を収めた箱の底からキャビネ判の写真を取り出して祐貴子に見せた。

「あらっ、何これ」

つい今し方まで、洟《はな》をすすり上げていた祐貴子は、親しかった従姉妹と男のツーショット写真に素っ頓狂な声を上げげた。

「これって、ほら、祐貴子さんの腹違いのお兄さんじゃない?」

「え、祐平《ゆうへい》兄ちゃんってこと? 違うわよ。こんな顔じゃないわ」

「福岡の勇二おじさんでもない?」

「違う」

「よく選挙のときに来ていた、学会のおじさんでもない?」

「勝治《かつじ》と晴信《はるのぶ》のこと? こんな顔じゃないわよ」

若い頃から面倒見のよかった祐貴子は、本家の長女ということもあり、親類付き合いの幅が広い。特に高齢の親類については故人も含めて、名前と顔は完全に把握している。

「身内にはこんな男はだれもいない」と断言した後、祐貴子は目を細めて写真を見つめ、幾度か口元を動かし、最後に唇を引き結んだ。

「だれが持ってた写真？」と祐貴子に尋ねられ「うちのダンナ」と由佳は答えた。

「てっちゃんが？」と幼い頃からの愛称で由佳の夫のことを呼ぶと、祐貴子は重ねて尋ねた。

「なんで、てっちゃんがこの写真を持っていたの？」

「わからないんですよ。何か封筒から出てきたって……」

「そう」と答えたまま、祐貴子は沈黙した。

茶碗を洗っていると、祐貴子が夫に何かひそひそ話しかけているのが聞こえた。

「知らないよ、俺だってうちのがだれかに送るのにプリントしたんだと思ったんだから」と夫の声が答えていた。


四日後、菩提寺で通夜式が営まれた。

猛威を振るっていた新型コロナの感染状況が落ち着いたのと、年寄りも含めて自粛疲れしていることもあったのだろう、家族葬にしたつもりが通夜式には遠方の親類までが大勢集まり、由佳はあらかじめ仕出し屋に伝えておいた人数を大きく上回った弔問客のための食事や飲み物の手配に追われた。

何とか通夜振る舞いを終え、大方の親類がそれぞれの自宅やホテルに帰った後、義母の棺が安置されている本堂に戻ると、祐貴子が一人座っていて祭壇の写真を見上げている。

「いい顔してるね、こんな幸せそうな顔をみっちゃん、あたしたちにだって滅多に見せたことないよ。今日来た親戚連中だって初めて見たんじゃないかな」と義母の名前を口にしてため息をつく。

黒と金に荘厳《しょうごん》されたほの暗い祭壇で、義母の写真のあたりだけがふわりと明るい。天国極楽などというものが実在するなら、それはこの人の微笑の中にあると思わせる。

「あの……」

ためらいながら由佳は義母の従姉妹に尋ねた。

「もしかして隣にいた男の人に、心当たりがあるんじゃないですか?」

「みっちゃんの好きな人だよ、たぶん」

即答だった。

「お義母さんの」と思わず甲高い声を上げると、祐貴子は小さくうなずく。縦皺《たてじわ》の寄った痩せた首の喉仏をかすかに上下させ、しっ、と言うように人差し指を唇に当てた。

「獣医さんさ」

「獣医?　なにそれ」

近所にある可愛らしい子犬の看板を掲げた、美容院のような佇《たたず》まいのペットホテル兼用の医院を思い浮かべる。

「みっちゃんの実家は、ほら、山梨の田舎だろ、山持ちのうえに何頭か牛を飼っていてさ、それ病気だ、それ種付けだ、とよく獣医が来たんだよ。それで二十歳かそこらのみっちゃんは、その若い獣医さんを好きになったんだけど、もちろんそんなこと恥ずかしくて口にできない。それから二、三年してすごい台風が来たんだ。伊勢湾台風じゃなくて、何と言ったかな、とにかく富士の裾野の辺りですごい被害を出したし、死人も出た。そのときみっちゃんの家でも風で牛小屋の屋根が吹っ飛ばされた。たいへんだ、と言ってるうちに今度は土石流が襲ってきたってわけさ。それで母屋の大半を持っていかれてしまった。だれも死ななかったのが奇跡だよ。だけど周りの親類も同じようなもので、もう雨風をしのぐところもない。それはそれはたいへんだったそうだ。そのときに、うちに来いといってくれたのが、その若い獣医さんの親父さんで、みっちゃんたち一家はしばらくの間、その家で寝泊まりさせてもらっていたんだよ」

「そのとき二人は恋に落ちて」

通夜の席であるにもかかわらず、思わずはしゃぎ声を上げてしまったのは、目の前の棺で寝ているのが、所詮、姑《しゅうとめ》であって実母ではないからだろう。

「そんなわけないだろ」

祐貴子は静かに否定した。

「昔のことだからね、みっちゃんのそんな気持ちはだれも知らなかったさ。当の獣医さんも気がつかなかっただろうね。それこそ何十年も経ってダンナが死んで、みっちゃんが少しずついろんなことがわからなくなっていった頃に、一緒にお茶飲んでいたら、私だって若い頃は、とそんな話を聞かせてくれたのさ。でも獣医さんとはそれきり。台風の後片付けが済んで家を直した翌年の春には、直治《なおはる》さんとこに嫁いできたんだよ」

「お義母さんにそんなロマンスがあったとはねぇ」と由佳は義父、直治の端整な顔を思い出す。日本を背負って立つ、という気概と実直さを併せ持った、古いタイプの国家公務員だった。気難しく、嫁の由佳に対してもときに厳しい物言いをする人だったが、気まぐれで家族に不機嫌さをぶつけるようなことはなく、義母道代《みちよ》の結婚は少なくとも不幸なものではなかったと由佳には思える。

義父は役所を定年退職した後、外郭団体に勤務して四年後に肺がんがみつかり、手術した翌年には余命を宣告された。

「この先は、ご夫婦のいい思い出をたくさん作ってください」という主治医の言葉にもかかわらず、義母が提案した日本各地の祭りを巡る豪華客船の旅を、義父は「治療だ、入院だと、さんざん休暇を取っておいて、この上、遊んで歩くために休んでなどいられるものか」と一蹴した。

死の間際まで、赤字をかかえた財団の経営立て直しに尽力し、成果を目にする間もなく義父は亡くなった。どこまでも立派な人だった。

義母の言動にわずかながら異変が現れるようになったのは、それから半年ほどしてからのことだが、それに気づいたのは、ときおり夫の実家に様子を見に来ていた嫁の由佳だけだった。

夫や義妹に訴えても否定されるばかりだったのだが、実家の廊下に大量のサプリメントやら粉末青汁やらの箱が積み上げられているのを美里が発見するに至り、彼ら兄妹も初めて事の深刻さに気づいたのだった。

身の回りのことはできるにしても、見守りが必要になったので、子供のいない由佳たち夫婦が夫の実家の敷地内にある離れに引っ越すことになり、由佳はそれまで勤めていた不動産開発会社を退職した。

認知症特有の症状に悩まされたとはいえ、由佳は内気な義母からは意図的な嫌がらせを受けたことはない。だから施設に入るまでの八年近くを寄り添うことができたのだろうが、それでも認知症が進んだ後でさえ、義母の言動には、心底、打ち解けたものはなかった。嫁の由佳に対してだけでなく、実の息子や娘に対しても、優しく礼儀正しく、常にどこかしら気兼ねしているようなところがあった。

気に入らないと遠慮無く悪態をつき、怒ると手がつけられず、好きな親類や友人が亡くなると遺体に取りすがって泣きわめき、うれしい相手には抱きつき、手を握り、底抜けの好意を示す、身内としては恥ずかしいがわかりやすい実母を持った由佳にとって、姑の道代は一緒にいても手応えがなく、気の毒なような寂しいようなやりきれない気持ちを抱かせる相手だった。

雨の日も、凍えるように寒い日も、明野山森林公園に日参したのは、まともな食事を嫌がる義母におかずがたっぷり入った弁当を食べさせるという目的があったのだが、義母がそこのふれあい動物園のウサギやニホンザルや、ポニーやモルモットに対してだけは、無防備な笑顔を見せたからでもある。

ウサギとモルモットについては慈しむようにその体をなで、ポニーは可愛いと同時に、その大きな体が怖いらしく、由佳が隣で「お義母さん、ほら、大丈夫。この子、おりこうさんだから」と鼻面をなでていると、ようやく笑顔になってそれに倣《なら》った。

一方、ニホンザルについては複雑な反応を見せた。おそらくその視線にも表情にも行動にも人間を思わせるものがあって、その近しさがときに社交的とは言いがたい義母の神経を疲れさせたのかもしれない。

やたらに威張り散らしているボスがいるかと思えば、媚《こ》びるように周辺を固める者、群れの片隅で身を縮めて周囲の敵意をなんとかやり過ごそうとしている者、子供をだきしめ、惜しみない愛情を注ぐ一方で、他の子連れの雌を排除し、威圧的に振る舞う者。礼節や良識を剝《は》ぎ取った人間社会そのものの姿がそこにあった。

毎日通っていれば、どれがどの猿か由佳にもだいたいわかるようになったが、義母の方は記憶力も判断力も衰えているにもかかわらず、不思議なことに猿たちの個体識別がしっかりできた。

ふれあい動物園といっても、猿については危険なこともありむやみに人にふれあわせることはしていない。来園者は屋内の猿専用のふれあいスペースに入って、そこにいる数頭の個体を観察するだけで、なでたり、触ったりすることは禁止されていた。

おとなしい者、従順な者、人なつこいがあまり調子に乗らない者、そんな猿だけがそのスペースに入れられていた。

ときおりふれあい動物園の園長がやってきて、説明をしてくれることもあった。

猿山の現在のボスや勢力図、どの子がいつ生まれ、それぞれの血筋で、どんなヒエラルキーが形成されているのか。どの若い雄がクーデターを起こす可能性があり、どんな事件を起こしたか、そしてどの猿が粗暴で、どの猿が穏やかで人なつこいのか。

それぞれの猿に名前もついていた。ボスはシンゾー、その母親で最上位の雌はマキコ、ナンバーツーはタロー、仲間をけしかけて飼育員を攻撃してくることもあるという凶暴な若い雄はギンジ、そして群れの上位を狙うことはないが、自分の子供以外の子猿や下位の雌に慕われている穏やかなコーヘー、愛嬌があって人なつこいユーミン、思慮深い哲学者のような顔つきをした老猿のダイキチ。

コーヘー、ユーミンとダイキチ、それに数頭のおとなしい雌だけがふれあいスペースの常連だった。

しかしときにはそのガラス窓のある安全な部屋から、外の猿山の穏やかならざる光景に出くわすことがある。

子供を巡っての雌同士の喧嘩《けんか》、雌に近づこうとする若い雄を威嚇し、ときに攻撃するボス猿。

しかしその日は少し様子が違った。

ナンバーツーのタローに、突然、ギンジが飛びかかったかと思うと、それを合図のように何頭もの若い猿が一斉にタローを襲ったのだ。

人間の袋だたきと同様のすさまじいリンチが展開された。

興奮した猿たちの真ん中から甲高い悲鳴が聞こえた。

飼育員や園長も飛び出していき止めにかかったが、若い雄たちは飼育員たちをも威嚇し、中には歯をむき出して、飼育員の背中に襲いかかる者もいた。

そのとき一頭の猿が、鋭い声を発してそのリンチのただ中に飛び込んでいった。

「やめろ、やめろ、何をしているんだ」と叫びながら、集団で襲いかかる若い雄たちからタローを守っているように見えた。

その剣幕に虚を衝かれたようにギンジたちは一瞬、攻撃の手を緩める。

その猿はうずくまっているタローにぴたりと寄り添い、まるで人間のように手を貸して、まだ興奮している仲間たちから引き離そうとしている。すかさず飼育員と園長が近づき、手にした棒を振り回して、ギンジたちを遠ざけ、血を流しているタローを抱えてどこかに連れていった。

ふれあいスペースにいた人も猿も怯え、興奮していた。

ほどなく園長が入ってきて、「こんなことは初めてなんです」とひどくばつの悪そうな顔をした。

園長によれば、最近、ナンバーツーのタローがボスのシンゾーを威嚇したり、牽制《けんせい》したりということが、頻繁に起きていたという。

「チンパンジーなどと違って、ニホンザルの世界では、ボスはたいてい死ぬか、自分から去るかするまでボスの地位を保つことが多いんです。生きているうちに現役のボスに挑みかかって追い落とそうとするやつは、少なくとももうちの猿山にはいなかったんですが」

ボスのポストを狙ったタローは、用心棒のギンジたちの凄惨なリンチにあい、クーデターは失敗したということだ。

「でも、助けに入った猿がいましたよね、タローの仲間だったんですか」

由佳と数人の女性客が尋ねると、園長は「ああ、コーヘーですね」と言う。

子猿たちにじゃれつかれても怒りもせずに相手をし、下位の雌に餌をわけてやったりしていたあの穏やかな猿だ。たしかこの部屋にいて、さきほどまでは義母の隣にちょこんと腰掛けていたはずだ。

「別に仲間じゃありません。様子を察して、私の後について出てきたんです」

「あんな勇気がある猿とは思いませんでした」と由佳が言うと、「勇気とか俠気《おとこぎ》というより……」

と園長は口ごもった後に続けた。

「コーヘーは大人なんです。猿同士の喧嘩で相手に怪我を負わせそうになると必ず止める。以前、調子に乗って我々に嚙《か》みつこうとした若い猿を棒で叩《たた》いて躾《しつけ》をしていたら、背後から抱きついてきて『そのへんで勘弁してやってくれ』と言わんばかりに止められました。いじめがあれば雄でも雌でも子供でも、必ず飛び出していって助ける。つまり人格者です、私やそこらの人間などよりよほど」

人格猿コーヘーの話に由佳は感動していたが、義母の道代の方は事件の間も、収まった後も、ずっと怯えていた。

この調子では、しばらくの間、明野山森林公園には来ても、ふれあい動物園の猿山には足を踏み入れられないだろうと思っていたが、その後も変わりなく通った。

その経緯はよく覚えてはいないが、義母と同年配の園長が由佳の事情を察して、様々な配慮をしてくれたせいかもしれない。

施設の責任者であるからいつも猿山にいるわけではないが、さりげなく義母の話し相手になってくれて、その間は由佳も一息つくことができた。

そんなことを思い出し、はっとして祭壇の写真に目をやる。

もちろん義母の肩に手を回している男の写真は、夫によって切り取られ、その手も巧妙に消されている。義母が施設に入居する前、もう七、八年も前のことでもあり園長の顔ははっきり覚えてはいない。だが、写真の中の男が着ていたTシャツの図柄、三角形の山が二つと太陽は明野山森林公園のシンボルマークだったことを思い出した。

ときおり母の相手をしてくれた園長の服装は、長袖の作業着に野球帽だったように記憶しているが、たまたまそれを脱いで半袖Tシャツ姿になったのかもしれない。

その年齢からして、園長は明野山森林公園の経営母体である観光開発会社の管理職が、役職定年後に配属されているのだろう、と思っていたが、動物園の園長と言えば別の線もある。獣医だ。

富士山麓の集落に甚大な被害をもたらした台風のおかげで、一時とはいえ、思い人のそばで過ごした義母は、その胸の内をだれにも打ち明けないまま、嫁に来た。そして秘められたままに終わった恋から半世紀近くも経って、再会したのだとしたら……。

義母のあの幸福そうな笑みは納得がいく。

自分は何と鈍感だったのだろうか、と当時の心境を思い出す。

あのときは、扱いの難しい初期認知症の姑との付き合いで、追い詰められていた。

会社勤めをしている夫や、ときおり嫁ぎ先からやってきて母の相手をしてくれる義妹の美里に、その厳しさはわからない。

ストレスを溜めながら、しかしそんなことをおくびにも出さず、義母に対して快活で陽気で能天気な嫁を演じて、閉じこもり塞いでいく義母の気持ちを何とか引き立てようと奮闘していた。

あの園長は、認知症の年寄りを普通の人として扱い、隣に座って様々な話を聞かせてくれるありがたい人だった。人見知りどころか、人嫌いになった後の義母も園長のことは格別拒否しなかった。彼がそばにいてくれる間だけ、由佳は手洗いをすませたり、売店でちょっと小腹を満たしたりすることもできた。

実は義母にとって、その園長は、特別な存在であったのかもしれない。もしかすると園長にとっても。

百箇日法要を終えたその年の晩秋に、由佳は久しぶりに明野山森林公園を訪れた。

軽自動車で三十分足らずで行ける観光施設なのに、義母が施設に入居して以来一度も足を向けなかったのは、神経にヤスリをかけられるような思いを陽気な声と笑顔に隠し、だれからも理解されないまま、姑孝行な嫁に徹したあの苦しい数年間を思い出すからだった。

駐車場から植え込みの中をしばらく歩き、ふれあい動物園に向かう。

あの園長に会って、義母の事を伝えるつもりだった。ただし写真はない。

あれは納骨を終えた夜のことだったが、書類を整理していると、葬儀関係一式を収めた箱からツーショット写真は消えていた。

「知らん。どっかに紛れたんだろう。お袋の写真はあるんだから別にいいだろ」と、夫は視線を合わせずに答えた。

処分したのだ。嫁の由佳はもちろん、高齢の従姉妹の祐貴子、実娘の美里にとってさえ、義母の若き日のロマンが半世紀を経て小さな偶然から再び花開いたのだとすれば、微笑《ほほえ》ましく祝福してやりたい出来事だが、息子にとってはそうではない。故人となった父親に申し訳が立たない、などという気持ちを抱くほどの孝行息子ではないが、男に肩を抱かれ年甲斐もなくはしゃいでいる母親の姿など、見たくもなかったのだろう。

動物園のチケット販売窓口に行き、園長に面会したい旨を伝えると、若いスタッフが出てきて、今、本社の方に行っており不在だと答えた。

「どういったご用件で?」と尋ねられたので、七、八年前までよく義母《はは》を連れてこちらに来ており、その折に園長にお世話になった、と答えた。

「七、八年前?」とスタッフは、思案顔になって事務所に引っ込み、代わりに年配の女性スタッフが出てきた。

「園長って、高木《たかぎ》さんのことですか」と尋ねられた。

「お名前はわからないんですが」

「高木園長だったら、七年前に退職してますよ」

当然のことではあった。義母を連れて日参していたあの頃、園長は母と同年配に見えたから七十歳前後。母の施設入居とほぼ同時期に退職していて不思議はない。

「あ、でも、ここには来てます」とスタッフは続けた。

「観光ガイドのボランティアやってるんで、土日とかならいるんじゃないかな」

コロナが一服して、観光客が戻っているので、ボランティアたちにも動員がかけられているらしい。

それからちらりと背後の時計を振り返ると、「今なら、もしかすると下のビジターセンターにいるかもしれないなぁ」と自信なげな表情で言う。退職後もよくこちらの施設に遊びにきているらしい。

礼を述べて動物園を後にし、林の中の小道を下り、公園の入り口にあるログハウス風の建物に入る。

正面に大スクリーン、脇の壁に沿って森林公園の動物の模型が展示されている施設で、土日や小学校の遠足の折などは混雑するが、この日は平日でもあり人の姿がない。奥にある図書室に入ったがそこも無人だ。

ふと思いついてその隣にあるカフェレストランの扉を開けると、上下トレーニングウェア姿の老人が一人、コーヒーを飲んでいた。

頭頂部がきれいに禿《は》げた恰幅の良い老人だ。写真にあった人物とは別人に見えるのは、髪が無くなったせいか、とその顔立ちに目を凝らす。老人の方もこちらに気づいたらしい。顔を上げ、ぶしつけな視線に気を悪くした様子もなく、小さく会釈した。その礼儀正しさ、穏やかさにほっとして、「あの、すみません、以前、ふれあい動物園の園長さんをなさっていましたか」と尋ねた。

「あ、はい。元園長です。明野猿山のボスとも呼ばれていましたがね。まあ、昔は毛もあったものので」と快活に笑って自分の頭を叩く。

「猿山のボスですか」

「ああやって、年がら年中、連中を相手にしてると、なんだか奴らが人間に見えてくるんですよ。実際、猿というやつはあまりにも人間に似ている。親子の情、権力欲、色気。遠慮と気兼ね、媚びを売ってくるやつまでいる。たまに半グレみたいなやつが現れて、園内で抗争が起きたりするから、我々が警察官代わりをする。それでスタッフが手に負えないと私が出て行くので、そのうちお客さんからスタッフまでが、私のことを猿山のボスと呼び始めましてね。そうなるとだんだん顔まで猿になってきて、ひょっとすると俺は本当は猿なんじゃないか、という気がしてきたりしましてね」

ああ、そうだ、と納得した。禿げてしまったのでわからなかったが、母の相手をしてくれたのは、確かにこの人だった、とその饒舌《じょうぜつ》な語り口や物言いからはっきり思い出された。

「七、八年前まで、毎日のように義母を連れてここの動物園に来ていましてね」

「あ、それはそれは。そういえばあのときの」とうなずいて続けた。

「お義母様はお元気で?」

「いえ。この夏に、見送りまして」

老人は神妙な顔つきになった。

「よくお見かけしていたのが、ぱったり来られなくなったので、もしかしたら入院でもされたか、と心配していたんですが」

「施設に入りました。いろいろありましたもので家で看られなくて……」と言葉を濁す。

「七年間、そちらでお世話になって亡くなったのですが、義母の名前は、逢坂《おうさか》道代、旧姓佐藤道代です。もしかしてお心当たりがあったのではありませんか」

「はぁ」と老人は怪訝《けげん》な顔を見せ、「ちょっと失念しているのかもしれませんが」と首を傾げる。

「山梨県で獣医さんとかしていらっしゃったことは？」

「私が、ですか？」と幾度か瞬きする。

「はい」

「いやいや、ただのサラリーマンですよ、サクラ観光開発の。動物園は定年後の再雇用でして」

五十年を経てのロマンス、の線は消えてしまった。しかも目の前の老人の容貌も雰囲気も、確かに写真の男とは違う。

実は、と由佳は、義母の遺影の話をした。

「うちの猿山で、お姑さんが見知らぬ男と寄り添っている写真があった、と……」と老人は苦笑した。

「あり得ないことなんです、見知らぬ男の人なんて。義母は人見知りするうえに男の人に対して警戒するし、私だけでなくて、息子や娘にも、何というか、一枚カーテンを引いたみたいなところがあって、取り繕ったような笑顔しか私も見たことなかったから……」

「心を開かない人だった、と」

「ええ。認知症になれば、だれでも本性が現れて、それまで抑圧していた喜怒哀楽も見せてくれるかと思ったのですが、義母は、黙ってため息をついたり、無視したり、すごく静かな口調で、聞くに堪えないことを言うんですよ。『子供なんか産むんじゃなかった』とか、『早く死んで欲しいでしょう。いるだけで憂鬱よね、私の顔を見てるだけで。ごめんね』とか。毎回、『そんなことないよ』とか言うのが、ほんとに疲れるんですよ。そのときに猿山に来ると、園長さんが相手をしてくださって、本当に、一時、救われました」

元園長の顔を見ているうちに、とうに心の内から追い出したはずの感情が戻ってきて余計な話をしていた。

「いやいや、あたしなんか何にもしてません」と老人ははにかんだような笑顔を見せる。

「本社から降《ふ》ってきた高齢の管理職など、事務所にいたって邪魔なだけでしてね。手持ち無沙汰になると猿山で猿を眺めているか、ふれあいスペースでお客さん相手に時間つぶしをしているかしかなかったのです」

ふと言葉を切って真顔に戻った。

「で、その写真の男性は、うちのスタッフかな？　どんな人？」

「あの頃の園長さんと同じくらいの年の人で……」

「スタッフにそんな年寄りはいないな……」

「トルコブルーの半袖Tシャツ、明野山森林公園のロゴの入った……。義母は冬っぽい服装なのに、その人は半袖Tシャツで、えっと思ったんですが、もしかして作業着をたまたま脱いだのかなと思いまして」

「トルコブルーで、うちのロゴが入った？」

元園長の眉間に小さく皺が寄る。

「スカイブルー、というかきれいな青空の色、じゃないですか？」

「いえ、もっと緑がかった。写真が黄ばんだわけじゃなくて、ほら、熱帯の珊瑚礁《さんごしょう》の海みたいな、トルコブルーです」

「そんな、ばかな」とつぶやくのが聞こえた。

「何か？」

「あれは私が辞めた年なんで、今から七年前の晩秋ですが、ちょうど開園五十周年で記念にTシャツを売り出したんですよ」

七年前の晩秋と言えば、義母はその年の九月に施設に入居していたから、ここに来てはいない。

老人は視線を上げた。話すのをためらっている様子だった。

「何か？」

「いや、ばかばかしい話と笑ってやってください。その男、うちのコーヘーじゃないかと」

「はぁ？」

あの「人格者」の猿だ。

「いえ、写真の人は確かに人間の男、というか、人間のおじいさんです」と言いながら、由佳の方もあの穏やかさと思慮深さを備えたような視線に覚えがあった。

「あの頃、私は一日の大半を猿山で過ごしていたもので、猿たちが人に見えることがありましてね、特にコーヘーは同僚というか、年下だが尊敬できる同僚に見えたものです。あなたは気がつきませんでしたか？　コーヘーには白目があったんですよ」

「いえ。そんなにじっくり見たことはないので」

「猿も犬猫も馬も、白目部分が見える動物なんかいませんよ。けれども、あれも進化なのか奇形なのかわからないが、コーヘーはちょっと普通の猿より切れ長な目をしていて、白目が見えた。白目があるってことは、どこに視線を向けているのかわかる、アイコンタクトしていろんなことを伝えてくるんです。つまり、ますます人っぽく見えた」

「いえ。猿ではなく、写真の男は確かに人間です」とかぶりを振りながら、由佳はあの頃の記憶をよみがえらせる。

あの猿山のふれあいスペースには、必ずコーヘーがいて、義母に懐いていた。いや、あれは懐くという感じではなかった。「彼」は静かに義母に寄り添っていた。

ふれあいスペースとはいえ、ウサギやモルモットと違い猿山のふれあいスペースでは、猿に触るのは禁止されていて、ただ観察することしか許されていなかったが、コーヘーは自分から義母に近づいてきて、義母が腰掛けているベンチの隣に座り、体を押しつけていることがよくあった。

あれほど内気で、認知症の進行とともに猜疑心《さいぎしん》の塊のようになっていった義母が、動物だけは受け入れた。

ウサギやモルモットとのふれあいスペースでは、そこにいる小さなものを抱き、子供向け乗馬ゾーンでは、柵の中で敷き藁《わら》の上をのそのそ歩いている年老いたポニーの鼻面をためらいがちになでていた。そこに見えたのは、慈しみの表情であるとともに、深い悲しみを内包した微笑だった。

しかし猿山のコーヘーに対しては違った。確かに無防備な笑顔を見せることがあったのだ。コーヘーは義母を可愛がり、甘えさせていた。

コーヘーは静かに義母の脇に座り、その顔をのぞき込み、何かぶつぶつ言っている義母の言葉をじっと聞き、ときに毛繕いするようにその背に手を当てていることもあった。

だれにも心を開かない義母と、あのときコーヘーは完璧にふれあっていたのだ。

義母は笑っていた。嫁や息子や娘に向ける遠慮がちな愛想笑いではなく、あんなに晴れやかで無防備な笑顔を、由佳は滅多に目にしたことがない。相手が猿という面白さもあって、確かに由佳はスマートフォンをそこに向け、シャッターを切った。

撮り溜めた写真データは、数枚を選んで定期的に義妹の美里に送った。私は確かにあなたのお母様のお世話をしていますよ。遠くに嫁いだあなたの代わりにね。そのあたりはちゃんと理解しておいてね、と言わんばかりに。

義母の元をときおり訪ねてくる高齢の親類には、プリントアウトして一筆箋《いっぴつせん》にしたためた挨拶状と共に郵送した。

　認知症の初期から中期にかけての独特の鋭敏さで、義母は面倒見が良くて陽気な嫁の意図と感情を察していた。そしてますます閉じていったのかもしれない。どこまでも孤独な老女の心中を見抜いたのが、コーヘーだった。

「そういえば、あなたたちが急に来なくなった後、コーヘーはふれあいスペースでは落ち着かないそぶりを見せていたな。きっと心配でたまらなかったのだと思う」と老人は言う。

「いくら何でも」と由佳は自分と老人の突飛な想像に苦笑した。

「いや、開園五十周年のTシャツはたくさん作って売りましたし、我々スタッフにも配られた。しかし色はトルコブルーじゃない。スカイブルーですよ。青空の色です。ただし試作品がありました。青空の青と森林のグリーンを混ぜたトルコブルーはどうだ、と。現場の者も交えて協議した結果スカイブルーに決まった。トルコブルーじゃ、まるで水族館だ、というわけで。で、その試作品ですが、私がもらったんです。ちょうど私が辞めた時だから、退職記念に園長、持って行ったら、と言われて。それで私が退職して数日後にコーヘーが死んだ。三十歳を超えていたから、寿命というか、大往生ですね。それで、徳の高い猿だったもので破格の扱いで、人間並に園で葬式を営んで茶毘《だび》に付したのです。お客さんもたくさん来てくれましたよ。ファンも多かったんですね。私は亡くなった知らせをきいてすぐに駆けつけたのですが、そのとき硬くなった遺体に、まだ一度も袖を通してなかったトルコブルーのTシャツを着せてやったんです。いやぁ、泣けましたよ、あのときは」

「まさか、いくらなんでも」と応じながら、由佳は納得している。

「チンパンジーと人のDNAは九十九パーセントまで一緒だと聞いたことがありますが、ニホンザルはどのくらいなのだろうな」と元園長は窓の外に視線を向ける。

「どんな姿をしていたか、私も覚えていないのですが、人の心象風景が写真に写ることがあるのかもしれませんね」

由佳の言葉に元園長はうなずいた。

「猿の心の内もね」

トルコブルーのTシャツを着て義母に寄り添う老人の写真は失われた。家族や親族には、義母、道代のおそらくだれも見たことのないほど晴れやかで、のびのびとした笑顔が残された。

初出誌　「小説トリッパー」

屋根裏の散歩者　二〇二一年夏季号

妻をめとらば才たけて　二〇二一年冬季号

多肉　二〇二二年夏季号

遺影　二〇二三年春季号

書籍化にあたっては、加筆修正いたしました。

篠田節子（しのだ・せつこ）

一九五五年、東京都生まれ。東京学芸大学卒。東京都八王子市役所勤務を経て、一九九〇年『絹の変容』で小説すばる新人賞を受賞しデビュー。一九九七年『女たちのジハード』で直木賞、『ゴサインタン』で山本周五郎賞、二〇〇九年『仮想儀礼』で柴田錬三郎賞、二〇一一年『スターバト・マーテル』で芸術選奨文部科学大臣賞、二〇一五年『インドクリスタル』で中央公論文芸賞、二〇一九年『鏡の背面』で吉川英治文学賞を受賞し、二〇二〇年紫綬褒章を受章した。他の著書に『夏の災厄』『斎藤家の核弾頭』『百年の恋』『ブラックボックス』『冬の光』『恋愛未満』『セカンドチャンス』『ドゥルガーの島』ほか多数。

四《よつ》つの白昼夢《はくちゆうむ》

二〇二四年七月三〇日　第一刷発行

著　者　篠田《しのだ》節子《せつこ》

発 行 者　宇都宮健太朗
発 行 所　朝日新聞出版
〒一〇四-八〇一一　東京都中央区築地五-三-二
電話　〇三-五五四一-八八三二（編集）
　　　〇三-五五四〇-七七九三（販売）
印 刷 所　中央精版印刷株式会社

ISBN978-4-02-251956-6
定価はカバーに表示してあります。